AF202674

Tucholsky Wagner Zola Scott Sydow Freud Schlegel
Turgenev Wallace Fonatne
Twain Walther von der Vogelweide Fouqué Friedrich II. von Preußen
Weber Freiligrath
Fechner Weiße Rose von Fallersleben Kant Ernst Frey
Fichte Richthofen Frommel
Engels Fielding Hölderlin Tacitus Dumas
Fehrs Faber Flaubert Eichendorff
Eliasberg Ebner Eschenbach
Feuerbach Maximilian I. von Habsburg Fock Zweig
Ewald Eliot Vergil
Goethe Elisabeth von Österreich London
Mendelssohn Balzac Shakespeare Dostojewski Ganghofer
Lichtenberg Rathenau Doyle Gjellerup
Trackl Stevenson Hambruch
Mommsen Tolstoi Lenz Droste-Hülshoff
Thoma Hanrieder
Dach Verne von Arnim Hägele Hauff Humboldt
Karrillon Reuter Rousseau Hagen Hauptmann Gautier
Garschin
Damaschke Defoe Hebbel Baudelaire
Descartes Hegel Kussmaul Herder
Wolfram von Eschenbach Dickens Schopenhauer Rilke George
Bronner Darwin Melville Grimm Jerome
Campe Horváth Aristoteles Bebel Proust
Bismarck Vigny Barlach Voltaire Federer Herodot
Gengenbach Heine
Storm Casanova Tersteegen Grillparzer Georgy
Chamberlain Lessing Langbein Gilm
Brentano Gryphius
Strachwitz Claudius Schiller Lafontaine Sokrates
Katharina II. von Rußland Bellamy Schilling Kralik Iffland
Gerstäcker Raabe Gibbon Tschechow
Löns Hesse Hoffmann Gogol Wilde Vulpius
Luther Heym Hofmannsthal Gleim
Roth Klee Hölty Morgenstern Goedicke
Luxemburg Heyse Klopstock Kleist
La Roche Puschkin Homer Mörike Musil
Machiavelli Horaz
Navarra Aurel Musset Kierkegaard Kraft Kraus
Nestroy Marie de France Lamprecht Kind Kirchhoff Hugo Moltke
Laotse Ipsen Liebknecht
Nietzsche Nansen Ringelnatz
Marx Lassalle Gorki Klett
von Ossietzky May Leibniz Irving
vom Stein Lawrence
Petalozzi Knigge
Platon Michelangelo Kafka
Sachs Pückler Liebermann Kock
Poe Korolenko
de Sade Praetorius Mistral Zetkin

Der Verlag tredition aus Hamburg veröffentlicht in der Reihe **TREDITION CLASSICS** Werke aus mehr als zwei Jahrtausenden. Diese waren zu einem Großteil vergriffen oder nur noch antiquarisch erhältlich.

Symbolfigur für **TREDITION CLASSICS** ist Johannes Gutenberg (1400 — 1468), der Erfinder des Buchdrucks mit Metalllettern und der Druckerpresse.

Mit der Buchreihe **TREDITION CLASSICS** verfolgt tredition das Ziel, tausende Klassiker der Weltliteratur verschiedener Sprachen wieder als gedruckte Bücher aufzulegen – und das weltweit!

Die Buchreihe dient zur Bewahrung der Literatur und Förderung der Kultur. Sie trägt so dazu bei, dass viele tausend Werke nicht in Vergessenheit geraten.

Glückliches Unglück

Heinrich Schaumberger

Impressum

Autor: Heinrich Schaumberger
Umschlagkonzept: toepferschumann, Berlin

Verlag: tredition GmbH, Hamburg
ISBN: 978-3-8495-3189-8
Printed in Germany

Text der Originalausgabe

Heinrich Schaumberger.

Glückliches Unglück.

Wolfenbüttel, 1905.
Verlag von Julius Zwißler.
(Gesammelte Werke, Dritter Band.)

»Und du, Schülzle, was wird mit dir?« fragte der Zimmerdick, ein wohlbeleibter, gutmütiger Alter, das Oberhaupt der Bergheimer Musikanten, in dessen Haus sie sich zur Musikprobe versammelt hatten, einen schönen schlanken Burschen, der nur etwas bleich aussah. »Gehst du mit nach Dammsbrück, oder willst du lieber in Mühldorf spielen?«

»Ist auch 'ne Frag,« lachte Hansaden, der seine Posaune zusammenschraubte. »Das kannst du dir doch an der Nase abfingern, daß der Schülzle nach Dammsbrück rennen wird!«

»Ist freilich 'ne Frag,« sagte der Angeredete mit einem verdrießlichen Seitenblick auf Hansaden, während er sich, wie in großer Bedrängnis und Unentschlossenheit, heftig sein kurzes, dunkelblondes Haar kraute. »Ist freilich 'ne Frag, eine sakermentische Frag! Liegt mir schon die ganze Nacht, den langen Tag wie ein Stein im Gemüt!«

»Was? – Du weißt nicht, ob hott oder har?« schrie der kleine, lustige Schneidersnikel und wollte sich ausschütten vor Lachen. »Na, ich sag's ja, wunderliche Kostgänger hat unser Herrgott auf seiner Welt herumlaufen! Haha!«

»Und was liegt schon wieder vor?« fragte der bedächtige Michelslang, gewöhnlich Wasserfuchs genannt, tief aufatmend, und wischte sich den Schweiß von dem roten, erhitzten Gesicht. Der Alte hatte einen Hornstimmbogen, der »ausging« (Luft bekommen hatte), mit Wasser gefüllt, das eine Ende mit dem Daumen verschlossen und nun mit solcher Anstrengung zu dem andern Ende hineingeblasen, daß ihm fast die alten dünnen Backen geplatzt wären, ihm alles Blut nach dem Kopf schoß und das Wasser noch immer aus den Augen lief. Danach untersuchte er den Bogen und hatte eben die kleinen Wasserperlen entdeckt, welche die wunde Stelle des Stimmbogens verrieten, als ihn Schülzles Rede unterbrach. Kopfschüttelnd fuhr er fort: »ha, was hast schon wieder mit dem Mädle? Was liegt schon wieder vor? – 's ist 'ne wunderliche Welt heutzutage, keine Treu und kein Glauben mehr unter den Leuten, und das junge Volk gar, das taugt schon lang durch die Bank keinen Schuß Pulver mehr. – Schülzle, Schülzle, – wenn ich deine Mutter wär, ich wollt anders gegen – – –«

»He, Langer,« unterbrach ihn der Bergkasper, der neben ihm am Tisch saß, eifrig beschäftigt, einige abgegangene Lederdecken an den Klappen seiner Klarinette mittelst eines Stümpfchens Siegellack provisorisch zu befestigen, »he, guckt lieber auf Euren Bogen statt zu schwätzen. Der Schülzle tut doch, was er will, Euer Horn aber macht sich nicht selber!«

»'s Dunnerwetter,« schrie nun auch der Schmiedsjakob, der dem Bergkasper und dem Michelslang zu ihrem Geschäft mit einem brennenden Kienspan leuchtete, »mach voran, Wasserfuchs! Der Span geht zu Ende, – siehst du's nicht? Meinst vielleicht, weil ich ein Schmied bin, meine Finger sind feuerfest?«

»Ha, Schwenselens auch, werd doch noch ein Wort reden dürfen!« knurrte der Lange. »Aber, daß dich die Pest, jetzt sind die Tropfen weg, – rein weg. Potz Himmeltausend, da möcht man doch gleich ein Hirsch werden!«

»Geschieht Euch jeecht,« nickte der Bergkasper, der das R nicht gut aussprechen kann, vergnügt. »Hab mir lang gedacht, so wird's kommen!«

Während sich der arme Michelslang abermals aufblies wie ein Frosch, meinte der Mühljohann, der auf dem Ofensims ein Töpfchen Leim aufmerksam beobachtet hatte und nun daran ging, einen großen Riß in seiner Geige zu heilen: »ja aber, Schülzle, so tu doch 's Maul auf! Liegt wirklich was vor, mit dem Wasserfuchs zu reden?«

»So, das wird's tun,« schnaubte der dicke Hanshenner aufstehend und wischte sich den Schweiß von der Stirne. Hammer, Zange und Nägel legte er beiseite, dann hob er eine uralte, vom vielen Flick- und Stückwerk ganz scheckige Baßgeige vom Boden, brachte sie in die gehörige Stellung, ließ sie langsam kreisen und betrachtete das unförmliche alte Ding mit Blicken voll Liebe und Bewunderung. »So, das wird's tun,« wiederholte er noch einmal selbstzufrieden, »die alte Base ist wieder so gut wie neu!«

»Ja, Hanshenner,« fragte der Zimmerdick schelmisch, indem er Hammer und Zange wegräumte, »was war denn das mit dem Baß? – Wie bist du mit ihm verunglückt?«

»Nu, Gott sei gelobt und gepfiffen, daß ihr doch glücklich wieder auf *die* Geschichte 'kommen seid,« brummte Hanshenner, während seine kleinen Augen lustig leuchteten.

»'s wär auch schad drum, käm *der* Spaß in Vergessenheit,« lachte der Schneidershenner, der aus einem Haufen zerrissener, schmutziger Notenblätter, – Hefte konnte man die Fetzen nicht nennen, – das Zusammengehörige, soweit es noch vorhanden, zu sondern bemüht war.

»'s Dunnerwetter, – erzählt,« schrie der heißblütige, ungeduldige Schmiedsjakob.

»Jetzt paß auf und leucht ordentlich,« schrie ihn der ernstlich verdrießliche, atemlose Michelslang an, der endlich die beschädigte Stelle wieder entdeckt hatte und nun ganze Massen gelben, ungereinigten Wachses darauf tropfte, die Löcher zu verstopfen. »Dir aber, Kasper, schlag ich alle fünf Finger hinter die Ohren, läßt du das Feixen und Lachen nicht. Darfst dich an der eigenen Nase zupfen! Ist das auch 'ne Art, das Leder auf die Klappen zu siegeln, du leichtfertiger Windsack, du?«

Unterdes hatte der Schneidersnikel seine Erzählung begonnen. »Also an Neujahr spielen wir in Unterneubrunn. Läßt sich gut an, die Geschichte. Leute gibt's wie Heu um Johanni, Geld wie Fliegen im August! Dazu ein Bier, – Gottseindunner, ein Bier sag ich, – mild wie Muskatwein, stark wie der Teufel, und dabei läuft's einem wie Öl ganz von selbst den Hals hinunter – –«

»Nur nicht grrrrand getan,« unterbrach ihn zornig der Eckenpeter, der mit einem umwickelten Rohrstock in das Innere seiner Trompete zu gelangen suchte, um einige allzu tiefe Krüppel und Narben, Zeugen mühseliger Heimfahrten oder männererregender Schlachten, zu entfernen. »Nur nicht grrrrrrand getan,« wiederholte er wehmütig und leckte die Lippen.

»Ja, ein Bier sag ich,« fuhr Nikel fort und schnalzte mit den Fingern, »ein Bier, – heute noch läuft mir das Wasser im Mund zusammen, denk ich daran. Na, – wie gesagt, wir machen Geschäfte! Schon um Zehn müssen wir die Büchse leeren, da sie nichts mehr aufnimmt, – was mir seit Jahr und Tag nicht begegnet ist, – und noch immer regnet's Sechser, Zwölfer, Vierundzwanziger und Siebenbätzner! Das macht uns natürlich lustig, und wir lassen uns das Bier schmecken, – wir konnten's ja! So scheint der lichte Tag zu den Fenstern 'rein, eh wir es uns versehen, und es war uns wahrhaft leid, daß wir nun Feierabend machen mußten, – ich wenigstens wäre am liebsten gleich für immer auf dem Orchester sitzen 'blieben. Allein, –›es kann ja nicht immer so bleiben hier unter den Wechseln des Monds‹, – wir mußten zuletzt eben doch an Aufbruch denken. Weiß der Kuckuck, war's das viele Geld in unsern Taschen, oder das Bier in den Köpfen, oder beides zusammen? – kurzum das Gehen zeigte Schwierigkeiten, auf die wir nicht gerechnet hatten: nicht Hanshenner?«

Dieser hatte unterdes die Saiten auf seine Baßgeige gespannt, strich sie prüfend an und leuchtenden Angesichts begleitete er die rasselnden, schnarrenden Töne mit zufriedenem Kopfnicken. »Das geht ja wie geschmiert! – Sag ich's nicht allzeit, solchen Baß trifft man nimmer Land auf Land ab, der ist gar nicht tot zu machen,« lobte er sich und sein Instrument, strich liebkosend an dem alten Gehäuse herum, stellte es äußerst vorsichtig in eine Ecke, und wendete sich nun erst zu seinen Kameraden. »Was sagt er, der alte Aufschneider? Glaubt ihm doch nicht! Ich sage euch, ich war so nüchtern wie mein Baß!«

»Ei jawohl,« lachte der Hansaden. »Das kann zuletzt jeder von uns behaupten, denn ans Frühstück hatte keiner gedacht!«

Während sich's nun Hanshenner auf der Ofenbank bequem machte, eine Pfeife stopfte, heimlich lachend liebevolle Blicke auf seine Baßgeige richtete, fuhr Nikel fort: »ja, es war ein mühseliges Marschieren, und um das Unglück voll zu machen, hatte es die Nacht geregnet, Glatteis gesetzt, – Weg und Steg weit und breit war ein Spiegel! Gab viele Hinfälle, doch ging noch alles gut ab, weder Menschen noch Instrumente kamen zu Schaden. So hatten wir mit Ach und Krach den schlimmsten Teil des Weges überstanden, und der Hanshenner, der, ob ihm gleich der schwere Baß auf dem Rücken hing, bis jetzt der Einzige war, den noch kein Unfall betroffen, fing eben an, uns auszulachen, als wir uns anschickten, nach Lindental hinabzusteigen. Ich sagte grade: ›Hanshenner, berede nichts! – Guck auf den Weg und nimm dich in acht!‹ – Da gab es einen argen Krach, und der Hanshenner samt dem Baß war verschwunden. ›Ach du lieber Gott, Hanshenner,‹ schrie der Wasserfuchs in tausend Ängsten, ›diesmal holt der Teufel den Baß!‹ – Eben kam aber der Hanshenner hinter einem Busch zum Vorschein und lachte: ›diesmal noch nicht, – vorderhand sitz ich drin!‹ Und so war's auch! Als wär der Baß ein Schlitten, sauste der Hanshenner, – hast du nicht gesehen, – im Baß die Höhe hinab, – er kam besser drunten an als wir alle!«

Hanshenners lustige Äuglein verschwanden fast hinter den lachenden Backen, und nach seinem Baß hinüberrückend schmunzelte er: »ja, 's war eine Mordgeschichte! – Dennoch brummt die alte Base wieder, als wäre nichts vorgefallen, und hat doch weder Schreiner noch Instrumentenmacher Hand an sie gelegt! – Ich sag's ja, nicht tot zu machen ist mein Baß!«

Als sich das Gelächter gelegt, meinte der mit seinem Werk zufriedene Wasserfuchs. »ja, 's ist überall so mit dem Altertum, bei Instrumenten, Geziefer und Leuten! Das hält aus! – Aber die neue Welt, – hm, – Da guckt nur den Schülzle an, steht er nicht da, als hätten die Hühner sein Kalb gebissen? – Daß dich der Geier, Bursch, schäme dich was! So dumm hätt sich keiner von uns in deinem Alter gestellt!«

»Es ist ihm zu wohl, ihr seht's doch?« schalt Hansaden, der eben seinen Posaunenzug einfettete. »Weil kein Unglück kommen will, macht er sich eins!«

»So red doch,« schrie der Mühljohann, während er seine frisch geleimte Violine leise anstrich. »Liegt wirklich was Ernstliches vor?«

»Braucht's noch was Besonderes?« fuhr nun auch der Schülzle auf. »Ist's nicht genug an den alten Geschichten?«

»Du, Paule, du weißt wirklich nicht, was dir fehlt,« sagte der Zimmerdick ernsthaft. »Was willst du doch? – Hast du ein Untädele an dem Mädle auszusetzen? – Nein! Ist sie dir untreu? – Du lieber Gott, ihr Leben ließe sie eher als dich! Ist sie dir nicht reich, nicht schön, nicht gescheit genug?«

»Das ist ja ein dummes Geschwätz,« unterbrach ihn Schülzle.

»So, und auf was trotzest du denn eigentlich?«

»Ei, so fragt auch,« rief Schülzle unmutig, »ihr wißt so gut als ich, wo mich der Schuh drückt. Was? Seit Jahren bin ich daheim mein eigener Herr, führe die Wirtschaft ganz allein, daß niemand etwas daran tadeln kann; ich halte auch meine Mutter in Ehren, und keinerlei Schande liegt auf mir, – und nun soll ich mir von dem Mädle und ihrem Alten Vorschriften machen lassen, mich schon vor der Hochzeit binden und knebeln lassen? – Oho, da hat's geschnappt! Bin ich ihnen als Musikant nicht gut genug, mir auch recht; setzen sie den Kopf auf, habe ich auch einen! Und, potz Blitz und Hagel, sie sollen einmal spüren, daß mir die Musik noch lieber ist, als sie alle miteinander!«

»Du, Schülzle, mach dich mit dem Maul nicht so groß,« sagte der Schneidershenner nachdenklich. »Hab gerade gedacht wie du, meinte auch, mein Kopf müsse zuletzt durchdringen, – bin aber bald anders belehrt worden, – heiliger Gott nochmal!«

»Ja, 's Freien hat allerwegen seinen Haken,« knurrte der Eckenpeter verdrießlich und betrachtete sehr zweifelhaft seine restaurierte Trompete. »Hab auch ein Haar drin gefunden und viel von meinen Gedanken bei der Gelegenheit fahren lassen müssen! Nur nicht grrrand getan!«

»Bin zwar selber Musikant,« mischte sich der Wasserfuchs wieder ins Gespräch, indem er näher trat, »aber nach dem, was vorliegt, kann ich's den Weibern so arg nicht verübeln, wenn sie die Musik nicht leiden wollen. Möcht selber keinen Musikanten zum Schwiegersohn!«

»Ja, leider Gottes, es ist ein liederliches Leben, das Musikantenleben,« seufzte der Hansaden. »Der Verdienst dabei wäre so übel nicht, obgleich er auch von Jahr zu Jahr geringer wird, – aber bei dem Geld ist weder Glück noch Segen. – So leicht's verdient ist, so leicht fliegt's davon!«

»Das ist mir aber doch ein widerwärtiges Gejed,« zankte der Bergkasper. »Musikanten wollt ihr sein? – Schämen solltet ihr euch vor eujen Instjumenten! – Jecht hast du, Schülzle! Halt nur die Ohjen steif und laß dich nicht jumkjiegen!«

»Das ist nun ein besonderer Ruhm für den Schülzle, wenn du ihn lobst, du Grünspecht,« zankte der Zimmerdick. »Will dir sagen, was ich von deinem Handel denk, Schülzle! Nimm's krumm oder grad, – mir gleich! Nummer eins hat der Dammsbrücker Simesbauer ganz recht, wenn er verlangt, daß du das Spielen ganz läßt. Deine Güter sind zu groß, sie vertragen die Musikantenbummelei nicht. Vor allem aber bist du selbst nicht Kerls genug für einen Musikanten. Siehst du nicht immer aus wie Buttermilch beim Gewitter? Hast's vergessen, wie du uns schon zweimal durch deinen Bluthusten auf den Tod erschreckt hast?«

»Ich sag's ja: ich wollt weiter nichts, als ich wäre vierzehn Tage seine Mutter,« schrie der Wasserfuchs erbost. »Nach dem, was vorliegt, wollt ich ihm den Kopf bald zurechtsetzen!«

»Und ich wollte, sein Vater lebte noch,« sagte der Zimmerdick bekümmert. »Paul, Paul, – was würde der zu deinem Treiben sagen? – Sieh, zum ersten hat der Simesbauer ganz recht, wenn er verlangt, du sollst die Musik ganz aufgeben. Zum andern aber, hast du denn selber einmal vernünftig mit dem Alten geredet? Hast du ihm sanftmütig und bedächtig, wie es einem rechtschaffnen Burschen zukommt, Vorstellungen gemacht? – Nein! – Da hat man's. Und es kommt noch besser! Du beklagst dich über seine Barschheit, über sein hartes, grobes Wesen, und was du von ihm weißt, hast du erst aus dritter, vierter Hand. Pfui doch, auf Klatschen und Hetzen, auf Zuträgerei loser Leute hin läßt du dich gegen die Simesleute aufbringen? Stellst dich wild und ungebärdig, stößt selber wieder unüberlegte Reden vor den Leuten aus, damit ja das Klatschen in Ewigkeit kein End nimmt? – Schülzle, Schülzle, sieh wohl zu, was du tust!«

»Sei gescheit, Paule,« bat Hansaden. »Ein Mädle wie das Evebärble findest du nicht wieder!«

Der Bergkasper wollte dreinfallen, aber ein Blick des dicken Alten ließ ihn verstummen. »Ja, Paule, um deines Vaters willen, der mein bester Freund war, bitt ich dich herzlich, laß ab von deiner Tollheit! Denk doch, was kann zuletzt herauskommen als Jammer und Herzeleid hüben und drüben? – Nicht vergebens fragte ich, ob du in Mühldorf oder Dammsbrück spielen willst. Dem Evebärble wär's vielleicht lieb, du kämst mit nach Dammsbrück, aber um des Alten willen solltest du mit nach Mühldorf. Es könnte dem Faß den Boden ausstoßen, setztest du dich ihm so recht vor die Nase aufs Orchester. Sei gescheit, Paule, folge mir; mit dem Evebärble will ich selber reden!«

Mit ihren verschiedenen Vorbereitungen zu Ende, waren nun auch die übrigen Musikanten aufmerksam geworden, traten näher und blickten neugierig auf Schülzle. Dieser hatte sich halb abgewendet und kraute unmutig die Haare. Plötzlich fuhr er herum und schrie wild: »ich dank euch, Dicker. Ihr habt mir ein Licht aufgesteckt, jetzt weiß ich, was ich zu tun habe! – Grade um des Alten willen muß ich nach Dammsbrück; er soll einmal sehen, daß ich mich nicht ins Bockshorn jagen lasse!«

Die Musikanten waren erschrocken, nur der Bergkasper lärmte: »So ist's jeecht! – Laß dich nur nicht jumbjingen, bleib auf deinem Kopf! – Ich macht's gjad so!«

»Du wirst's auch weit bringen in der Welt,« sagte der Zimmerdick verächtlich; bekümmert wendete er sich dann an den Schülzle. »Ich kann dich nicht abhalten, du Tollkopf! Du bist dein eigner Herr! So renne denn mit dem Kopf wider die Wand, – vielleicht hat dennoch der Herrgott ein Einsehen und wendet deine Torheit zum Besten! – Jetzt zur Probe, wir haben nicht viel Zeit übrig!«

Da der Schneidersheiner endlich doch noch einige zusammengehörige Fetzen aus dem Papierwust herausgefunden, wurden die Stimmen verteilt, die Instrumente gestimmt, und die Probe begann. Ein Direktor existierte nicht, war auch nicht nötig. Jeder machte seine Sache, so gut er konnte, was wollte man mehr? Auf künstlerisch vollendete Leistungen war es nicht abgesehen; wenn es nur recht lärmte und schmetterte, wenn nur der Takt streng eingehalten wurde, dann war man schon zufrieden. Da lauter alte, längst bekannte Stücke vorgenommen wurden, sprach der Hanshenner nur eine große Wahrheit aus, als er nach einiger Zeit mit freudestrahlendem Gesicht und heimlichem Blinzeln auf seinen Baß behauptete: »das geht heint wie geschmiert! – Wie ein heiliges Donnerwetter saust's und braust's!« Diese Erklärung veranlaßte den Wasserfuchs, sein Mundstück abzuschrauben; während er das Wasser feierlich aus seinem Horn goß, sprach er selbstbewußt: »ja, was vorliegt, wird gemacht! Drum ist's auch genug probiert! Besser als wir's schon können, wird's doch nicht, und was vorliegt, das wird eben gemacht!«

»Hast recht, Langer,« lachte der dicke Alte, in dem es ein wenig wie Spott um seine lustigen, ehrlichen Augen zuckte. »Besser als wir's schon können, werden wir's wohl nimmer lernen, drum mag's genug sein. Es wird auch Zeit, daß wir uns auf den Weg machen. – Holla, holla, – so laßt einen doch erst ausreden. In einer Viertelstunde kommen wir Dammsbrücker Spielleute droben am Bergbauernhof zusammen, – verstanden?«

Es blieb im Zweifel, ob er gehört worden. Lachend und lärmend stürmten die Musikanten ins Freie.

*

Der Schülzle schloß sich seinen Kameraden nicht an; trotz des tiefen Schnees stampfte er einsam durch bahnlose Heckenwege weit um das Dorf herum nach seinem Hof. Er war sehr zornig, der sonst so lustige, leichtblütige Bursche; heute war er sehr ärgerlich, so »wetterlaunisch«, daß ihn sogar die hungrig und frierend durch die kahlen, verschneiten Hecken huschenden Meisen und Emmerlinge erzürnten, und der einsame Rabe auf dem Feldbirnbaum am Eingang der Badergasse seinen Grimm reizte. Hätte er sein Gewehr zur Hand gehabt, wer weiß, was geschehen wäre. Warum mußte sich auch alle Welt in *seine* Sachen mischen? Was kümmerte die Musikanten sein Anhang mit dem Dammsbrücker Simesevebärble? Was verschlug es ihnen, ob er in Mühldorf oder Dammsbrück spielte? Wer hatte sie um ihren Rat, ihre Meinung gefragt? – Und sonderbar, auf alle war er gleich erbittert; den Warnern machte er zum Vorwurf, daß sie ungefragt geraten; den Teilnahmlosen zürnte er, daß sie geschwiegen; – er philosophierte: weil nun doch einmal über seine Angelegenheiten verhandelt wurde, konnten sie nicht auch gleich mit ihrer Meinung herausgehen? – Den Tadlern rechnete er jedes Wort zum Verbrechen, und den Bergkasper, den Einzigen, der sich seiner angenommen, den Bergkasper hätte er für seinen Beifall und seine Aufmunterung am liebsten geohrfeigt. Ja, er war »hellisch falsch«, der Schülzle, um uns eines bezeichnenden Bergheimer Ausdrucks zu bedienen, und um seinen Unmut zu vollenden, malte er sich schon jetzt mit trotziger Selbstquälerei die Szenen aus, die ihn daheim bei seiner Mutter erwarteten.

Weiß beschneit, die Stiefel voll Schnee trat er ins Haus und erschreckte durch sein verstörtes Wesen die Mutter nicht wenig. Ängstlich trippelte die bekümmerte Alte um den störrigen, wortkargen Sohn, den ihre übertriebene Teilnahme und Hilfebereitschaft nur noch mehr erbitterte. Grimmig schleuderte er auf ihre Mahnungen die feuchten Stiefel und Strümpfe in eine Ecke und schrie, während er die Füße neu bekleidete:»Himmelherrgott, macht mir den Kopf nicht warm, Mutter! In einem Stück war ich Euch zu Willen, nun laßt mich auch in Frieden! Ich geh nach Dammsbrück, dabei bleibt's, und ist's dem Simeslorenz nicht recht, mag er's links nehmen. Ich bin kein Schulbub mehr, hab lange bewiesen, daß ich auf eigenen Füßen zu stehen vermag. Von der Musik lasse ich nicht, ein für allemal nicht. Punktum!«

»Paule, Paule, – was ist doch in dich gefahren? Man kennt dich kaum mehr, so wüst und wild tust du,« klagte die Mutter. »Ist's auch eine Art, gut gemeinte Ratschläge so aufzunehmen? Geschieht's nicht zu deinem Besten, wenn der Simeslorenz verlangt, du sollst das Spielen sein lassen?«

»Verlangt! – Kreuz Hagel und Strohsack! – Das ist's ja eben! Was gibt ihm das Recht, so was von mir zu verlangen? – Ich bin eine gute Haut; mit einem guten Wort wickelt man mich um einen Finger. Aber ich habe auch Ehre im Leib, und befehlen lasse ich mir nichts!«

»Gut bist du, niemand weiß das besser als ich, deine Mutter. Auch ist's richtig, daß man dich um einen Finger winden kann, – aber nur zu Zeiten, und wenn eben dein Kopf nicht dazwischen kommt. Hast du den erst einmal aufgesetzt, dann sind gute und böse Worte gleich sehr verloren. Hat dich nicht das Evebärble vor Gott und nach Gott gebeten, ihr zu Lieb solltest du die Musik aufgeben?«

»Und warum mußte sie so eigenwillig auf ihrem Kopf bestehen, da sie sah, es wird mir schwer, mich von den Musikanten loszumachen? Konnte sie mir das Vergnügen nicht gönnen, bis ich's von selber aufgab?«

»Sie sieht eben ein, daß sich das Tanzaufspielen, das Kirmeslaufen und was noch darum und daran hängt, nicht für einen Bauer schickt, der einen Hof in Ordnung halten soll. Paule, Paule, – denk daran, was dein Vater sagen würde, wenn er noch lebte.«

»Ha Himmelelement, wer sagt, daß ich das nicht auch einsehe?« schrie der Bursche aufspringend. »Aber treiben lasse ich mich nicht, lasse mir nichts vorschreiben, ertrage keinen Zwang. Konnten das Evebärble und ihr Alter nicht auch meinen Einsichten vertrauen?«

»Du bist ein guter Bursch, Paule,« sagte die Mutter, die ein leichtes Lächeln nicht unterdrücken konnte, »aber besondere Einsichten hast du meines Wissens noch nirgends an den Tag gegeben. Wie soll man sich auf dein eigenes Überlegen auch verlassen, wenn du grad in den wichtigsten Angelegenheiten in den Tag hineinstürmst, als hättest du gar keine Gedanken?«

Paul ward rot und trat hastig an das Fenster. Eine Weile beschäftigte er sich angelegentlich mit seiner Pfeife, dann brach er, ohne sich jedoch umzukehren, – abermals los: »und das mag nun alles sein, wie es will. Der Simesvetter hat einmal weder Ursach noch Recht, solch Verlangen an mich zu stellen, – drum will ich ihm auch beweisen, daß ich mir das nicht gefallen lasse.«

»Sieh, Paule,« sagte die Mutter sanft, »da bist du wieder in einem grausam garstigen Irrtum. Nur allzu viel Ursache hat der Simesvetter, ja es ist sogar seine Schuldigkeit, daß er das Verlangen an dich stellt. Weißt du noch, was der Doktor in deiner letzten Krankheit sagte? – Wenn der Bursche das Trompetenblasen, überhaupt das zum Tanze Spielen nicht bald und gänzlich aufgibt, hat er nur noch wenige Jahre zu leben! – O mein Gott im Himmel, die Worte haben sich mir ins Herz gegraben und brennen da wie lichte Flammen Tag und Nacht. – Wie kann dir nun der Simesvetter sein Kind anvertrauen, wenn du solche Warnungen in den Wind schlägst und nicht aufhörst, in deine Gesundheit zu stürmen? – Paule, mein Einziger,« fuhr die Mutter weich fort und zog weinend den Burschen neben sich auf die Bank, »höre endlich auf den Jammer deiner alten Mutter. Tu mir das Leid nicht an, daß ich auch dich noch dem Grab verfallen sehen muß. Das Leben ist mir schwer geworden, Paule, hab oft gemeint, ich müßt zusammenbrechen unter dem Berg von Sorgen und Kümmernissen, der auf mir, der jungen, verlassnen Witwe, lag. Deinetwegen habe ich alles ertragen und überwunden, – sorge, daß ich nicht mein ganzes Leben als ein verlornes beklagen muß!«

Heftiges Weinen brach ihre Stimme. Paul war bewegt, verlegen haschte er nach ihrer Hand, suchte ihr die Schürze von den Augen zu ziehen und sprach beruhigende Worte. Allein die Mutter wollte sich heute nicht trösten lassen. »Was hilft mir all dein Reden,« schluchzte sie, »solange du nicht aufhörst, deine Gesundheit zu schädigen? – Ach, Paule, wenn manchmal meine Kräfte nicht mehr ausreichen wollten, wenn ich oft meinte, nun müsse ich zusammenbrechen, – dann machte mich ein Blick auf dich wieder stark und frisch und richtete mich mächtig auf. Ich war jung, wie dein Vater starb, sehr jung für eine Witwe; darfst mir glauben, es hat mir nicht an Lockungen und Anträgen gefehlt, und die Welt war so schön, und ich war so jung! Deinetwegen wies ich alles ab, blieb einsam und verlassen, schleppte mein schweres Joch weiter. Ich rühme mich dessen nicht, Gott weiß es, ich tat es nicht in der Hoffnung auf Vergeltung. Allein nun du ein Mann bist, auf eigenen Füßen zu stehen weißt, ist mir's zu verdenken, wenn ich mich endlich wenigstens nach Ruhe und Erleichterung sehne? Lange genug habe ich Haus und Hof allein vorgestanden, jetzt möchte ich sehen, wie andere, jüngere, mein Werk fortsetzen. Mit einem Wort, das Wirtschaften ist mir ernstlich verleidet, meine Kräfte reichen auch nicht aus, – und denke doch, Paule, was soll mit deinen Sachen werden, wenn mir über kurz oder lang was Menschliches begegnet? – Laß mich nur ausreden, Kind! – Du meinst, damit habe es noch lange keine Gefahr? – Ach, der Mensch ist sterblich, und ich fühle, wie meine Kräfte rasch abnehmen. – Paule, habe ein Einsehen! Sorge, daß ich mich die wenigen Jahre, die mir bestimmt sind, des Lebens noch erfreuen kann; ach, in deinem Glück möchte ich so gerne noch einmal jung werden! – Und es ist dir so nahe gelegt und so leicht gemacht! Das beste, schönste Mädchen weit und breit ist dir von Herzen gut, auch den Eltern bist du wert, – es kostet dich nur ein Wort, so ist dein und unser aller Glück sicher und fest –«

Der Bursche fuhr sich ins Halstuch und sprang auf: »Mutter, macht mich nicht toll,« rief er.

Doch diese ließ sich nicht unterbrechen. Sie ging dem Sohne nach, hielt seine widerstrebende Hand fest und fuhr bittend fort: »Paule, – sei verständig und gut! – Lege die Trompete weg! Spann den Gaul an den Schlitten, wir wollen zusammen nach Dammsbrück. Folge mir heute, du wirst es nicht bereuen! Ich bin der festen Zuversicht, sieht der Simesbauer deinen guten Willen, ist er auch nicht unerbittlich von wegen den Musikanten!«

»Hört auf, Mutter,« rief Paule und riß sich los. »Weiß der liebe Gott, – es wird mir schwer genug, aber ich kann nicht, – und wenn die Welt dabei auf dem Spiel stünd, ich kann nicht! – Laßt mich, Mutter! Nur diesmal noch laßt mich, dann will ich Euch zu Willen sein in allen Stücken, und auf den Händen will ich Euch tragen, – nur heute laßt mich!«

Er riß sich los und stürmte aus der Stube. Weinend blickte ihm die Mutter nach. »So ist es aus! – Wenn nicht ein Wunder geschieht, ist auch meine liebste Hoffnung zu Wasser geworden, wie so viele vor ihr! Armes Mädchen! – Ja, und auch du bist zu bedauern, du wilder Trotzkopf, – du vielleicht am meisten! – Wenn zum Unglück auch noch die Reue kommt, – armer Junge! – Wie gerne, o wie gerne hätte ich dir geholfen! – Du hast es nicht zugelassen, ich kann nichts mehr tun, als für dich beten!«

Sie blickte ihm nach, bis er um die Ecke des hochgelegenen Bergbauernhauses verschwand, dann ging sie seufzend an ihre Arbeit.

Die Musikanten hatten schon auf den Schülzle gewartet. Als er nun verdrießlich heranschlenderte, kurz und mürrisch grüßte, meinte der Wasserfuchs: »potz Velten! Dein Feuerstein möcht ich heute auch nicht sein, Schülzle! Hat daheim auch wieder was vorgelegen, daß du das Maul so arg hängen läßt?«

»Laß ihn doch,« entgegnete der Zimmerdick gereizt und bekümmert zugleich. »Du siehst, er hat schief geladen, und ob er gleich merkt, daß es einen Umsturz geben muß, läßt er es darauf ankommen, statt beizeiten umzuladen. – Solche Leute muß man gewähren lassen und ihnen aus dem Weg gehen!«

Paule schoß das Blut nach dem Kopf, eine gereizte Antwort schwebte ihm auf der Zunge, doch hatte er nicht Zeit, seine Galle loszuwerden; ohne ihn weiter zu beachten, wendeten sich die Musikanten zum Gehen. Langsam, in ziemlicher Entfernung folgte er nach.

Wege und Straßen waren heute, am Sonntagnachmittag, wie ausgestorben, die Musikanten, die langsam die Einzelberger Höhe hinankletterten, die einzigen Wanderer weit und breit. Ein klarer, durchsichtiger Duft füllte die Atmosphäre; feine, staubartige Eis- und Schneekristalle wirbelten umher, ohne daß sie ein merkbarer Luftzug in Bewegung setzte, dazwischen sanken auch größere Schneeflocken langsam schwebend nieder, allein so vereinzelt, daß man das nicht eigentlich ein Schneien nennen konnte. Noch deckten tiefgehende Wolken den Himmel, allein merkbar lichteten sich die Schichten, zogen sich in die Höhe; im Westen glühte ein unbeschreiblich zartes, duftiges Rot auf, – ein sicheres Vorzeichen baldiger, strenger Kälte.

Tiefe Stille ringsum! Zwei Raben schwebten lautlos, langsam und schwermütig über die Schlucht und das Schwarzholz; selbst den

Schall der eigenen Schritte dämpfte die frisch gefallene, dünne Schneeschicht vollständig. Nur dann und wann klang ein einzelnes unverständliches Wort, ein kurz abgebrochenes Husten oder Lachen von den Vorausgehenden zurück, und diese Laute, fremd und unnatürlich in dieser Umgebung, verstärkten die bedrückende Empfindung des unheimlichen, toten Schweigens. Die blauen Wölkchen, welche in dichten Massen den Tabakspfeifen der Wanderer entquollen, zerflatterten nicht. Von der Kälte rasch durchdrungen und mit der umgebenden Atmosphäre auf gleiche Temperatur gebracht, stiegen sie langsam zu mäßiger Höhe auf und zogen sich in der unbewegten Luft zu kaum bemerkbaren, bläulichen, stillstehenden Streifen auseinander. So oft Schülzle beim Höhersteigen in solchen Nebelstreifen eintrat, brachte der angenehme Geruch des Tabaks, der in ihm, dem eifrigen Raucher, heitere Bilder und Erinnerungen weckte, ein schmerzlich beklemmendes Gefühl der Vereinsamung, des Verlassenseins hervor, das seine ruhelos umschweifenden Gedanken nicht minderte.

Ja, er fühlte sich sehr vereinsamt und verlassen; es war kein Zufall, daß er weitab hinter seinen Gesellen dreinschlich; ihm war, als gehöre, als passe er nicht mehr zu ihnen. Ihren wohlgemeinten Rat hatte er verworfen, ihre Mahnungen und Bitten verachtet. Wohl war das im Grunde keine Ursache zur gegenseitigen Entfremdung, er war ja ein freier, unabhängiger Mann, niemand Verantwortung über sein Tun und Lassen schuldig, als sich selbst. Allein das war eben der böse, böse Punkt: er bestand vor sich selbst nicht, war geteilt in sich, sein besseres Gefühl gab entschieden den Freunden recht. Und diesen Zwiespalt kannten die Freunde! – Noch immer dröhnten ihm die Worte des Zimmerdick in den Ohren: Obgleich er merkt, daß es einen Umsturz geben muß, läßt er es darauf ankommen; – solchen Leuten muß man aus dem Weg gehen! Das war ein hartes, hartes Urteil, doppelt hart im Munde des sonst so nachsichtigen, väterlichen Freundes; und Paul konnte mit allen Mühen nicht darüber hinwegkommen!

Und nicht bloß von den Kameraden fühlte er sich getrennt, der Zwiespalt, der ihn quälte, wirkte auch nach anderen Seiten entsprechend. Zwar hatte er den Vater, auf dessen Urteil er heute zweimal verwiesen worden war, nie gekannt; allein seine Tugenden waren ihm so oft als Muster vorgestellt, seine Rechtschaffenheit, Güte,

Klugheit und Charakterfestigkeit von allen Seiten so einstimmig gerühmt worden, daß er in ihm endlich das Musterbild eines vollkommenen Mannes verehrte und einen Stolz darein setzte, ihm ähnlich zu werden. Bis heute nun hatte er nicht gerade Ursache, vor seinem Vorbild beschämt die Augen niederzuschlagen, – allein ein dumpf schmerzliches Gefühl sagte ihm, daß er im Begriff stehe, sich des Andenkens seines Vaters unwert zu machen! Auch den Kummer der Mutter vergaß er nicht, je weiter er sich von ihr entfernte, desto mehr schnitt ihm ihr Jammer in die Seele. Die Bilder, die sie erweckt, wollten ebenfalls nicht wieder verblassen. Oft war ihm, als sei er gar nicht er selbst; es kam ihm unbegreiflich vor, daß er so einsam durch den rieselnden Schnee wanderte, da er eigentlich im warmen Schlitten neben der Mutter sitzen, mit dem schnaubenden Pferd vor sich durch die stille Welt dem Glück, – dem Glück entgegenjagen sollte. Unwillkürlich blickte er den Weg zurück, ob ihm die Mutter nicht nacheile, – aber es blieb still da drunten, und bald entschwand das Dorf seinen Blicken.

Und was bedurfte er des Schlittens? Auch allein und zu Fuß kommend ward er in dem freundlichen Bauernhaus mit Jubel empfangen; auch wenn er später eintraf, er kam immer noch früh genug. – Nur ein Wort von ihm, ein einziges Wort, – und in zwei Häusern kehrte das Glück, das vollste, reinste Glück ein! Freilich war er als Musikant ausgezogen, und es entstand eine Lücke im Kreise seiner Kameraden, wollte er sie verlassen; er war ihnen nicht unentbehrlich, seine Stelle leicht zu ersetzen, und wenn er sie jetzt um Rat gefragt hätte, – er wußte ihre einstimmige Antwort allzu gut voraus.

Ganz nahe im Bereich seiner Hand lag das schönste Glück des Lebens, nur einen Entschluß, nur ein Wort kostete es ihn, und es war sein! Und sein Glück war zugleich das eines holden Mädchens, es war der Wunsch braver Bauernleute, die Hoffnung einer treuen Mutter, es war die Sehnsucht seines eigenen Herzens. – Und was hinderte ihn, dieses Glück, das das Schicksal selbst besonders seinen Wünschen und Neigungen angepaßt zu haben schien, das ihm ganz von selbst in den Schoß fiel, das ihm die Umstände fast aufnötigten, zu dem ihn alle Verhältnisse hindrängten, – was hinderte ihn, dieses Glück zu ergreifen, festzuhalten? Warum konnte er den entscheidenden Entschluß nicht fassen? –

»Warum? – ja warum?« stöhnte er und schlug sich vor die Stirn.
Er wußte es nicht, es war ihm eben nur klar, *daß* er nicht könne! –
Es lag ein Etwas in ihm, ein dunkles, kaltes, gestaltloses Etwas, das
ihn quälte und peinigte, das er haßte, gegen das er sich auflehnte, –
ein Etwas, das aber doch stärker war, als er selbst, das ihn be-
herrschte, ihn zwang, gegen sein besseres Gefühl, gegen die Erkenntnis des Rechten zu beharren in seinem Trotz und Starrsinn! So
mächtig war dies kalte, hämische Etwas in ihm, so fest in seiner
Seele eingewurzelt, daß er, als ihm der Gedanke an die unausbleib-
lichen Folgen seines Tuns fast das Wasser in die Augen trieb, sein
Herz zusammenkrampfte im wilden Schmerz, – daß er dennoch
knirschend die Fäuste ballte im unbändigen Trotz. Es schien ihm
leichter, das Leben zu lassen, als eben diesen Trotz durch einen
Entschluß zu überwinden.

Müde von diesem Kämpfen und Denken ließ er endlich den Kopf
hängen, von einer verzweifelnden Resignation umschattet, gab er
sich ganz der trostlosen Wollust seines Trotzes und Schmerzes hin;
da er den Weg zur Umkehr nicht fand, erschien es ihm fast als eine
Art grausamer Genugtuung, sich und allen, die ihm nahe standen,
die es wohl mit ihm meinten, so herb und bitter als nur möglich das
Herz zu verwunden!

Fröhlich plaudernd zogen seine Kameraden ihres Weges dahin,
freundlich lichtete sich der Himmel, und ein heiteres Abendrot
begann beruhigend auf die dunkle Erde niederzuleuchten, – aber
Paul fand keinen Frieden. Einsam stieg er durch den hallenden
Kiefernwald nach Dammsbrück, Schmerz und Reue im Herzen,
Groll und Trotz in der Seele. Mit sich selbst zerfallen, sich, Gott und
der Welt feind, ging er der Erfüllung seines Geschickes entgegen.

*

Für ein abgelegenes, kleines Walddörfchen wie Dammsbrück ist ein öffentlicher Tanz ein Ereignis. Wochen-, ja monatelang wird vorher davon geredet; je näher der ersehnte Sonntag heranrückt, desto größer wird die Aufregung in Lichtstuben und Wirtshaus. Zunächst ist es bloß das Jungvolk, das in Bewegung kommt, allein die Aufregung steckt zuletzt auch die Alten an. Erinnerungen erwachen und versetzen die alten, verknöcherten Herzen in jugendlichen Schwung, zuletzt erwarten sie fast nicht minder ungeduldig als Kinder und Enkel den festlichen Abend, der, wenn er ihnen auch nicht Jugendlust und Genuß bringt, sie doch an vergangene schönere Zeiten erinnert und ihnen willkommene Gelegenheit zu kritischen Vergleichungen zwischen sonst und jetzt darbietet.

Besonders im Winter, – dieser großen Ferienzeit der oberfränkischen Bauern, – sind solche Tanzabende eine willkommene Unterbrechung des einförmig dahinfließenden Daseins. Schon am Donnerstag und Freitag schnurren die Spinnräder weiter, öfter als sonst entschlüpft der Faden den Händen der Spinnerinnen und gibt den Burschen willkommene Gelegenheit zum Raub des Rockens, der dann mit Küssen losgekauft werden muß. Am gefährlichsten werden diese Tage der Erwartung den privilegierten Kammerjägern des Hauses, den Katzen. Wo sie sich blicken lassen, werden Strafurteile an ihnen vollzogen, die ihr reizbares Katzengemüt um so mehr erbittern, da ihnen vollkommen die Fähigkeit abgeht, die empfangenen Prügel mit dem zerbrochenen Küchengeschirr und dem Sonntagstanz in ursächliche Verbindung zu bringen. Mißvergnügt ziehen sich die sonstigen Lieblinge der Hausfrauen, Töchter und Mägde auf die höchsten, unzugänglichsten Böden und Speicher zurück, und diese Flucht hat auch ihr Gutes, sie bewahrt wenigstens die verschüchterten Tiere vor den neuen Nöten der unfehlbar hereinbrechenden Sündflut. Denn am Sonnabend beginnt allgemeines Scheuerfest. Nicht bloß Bütten, Gelten und Züber werden abgerieben, auch Tische, Bänke und Stühle, selbst die Fußböden in Stube, Kammer und Küche werden gescheuert. Ein solcher Tanzabend ist oft ein verhängnisvoller Zeitpunkt für die ganze Familie; – wer kann wissen, was geschieht? Gewiß denken während des Scheuerns die Töchter nicht bloß an Putz und Tanz; mancherlei ernstere Hoffnungen und Befürchtungen bewegen die jungen Herzen; die Mutter knetet gar manchen sonderlichen Gedanken, manchen Wunschseufzer in den Kuchenteig mit Zucker, Butter, vielleicht auch gar noch mit großen Rosinen ein, der Vater aber durchmustert ebenfalls nicht umsonst so nachdenklich pfeifend Stall und Scheune; morgen ist Tanz, – Bursche und Mädchen sammeln sich aus der ganzen Umgegend, – wer weiß, was geschieht?

Endlich kommt der langersehnte, schmerzlich erhoffte Tag. Mit Eifer werden die täglichen Geschäfte vollbracht, schon am Mittag sitzen die Mädchen im höchsten Putz mit dem Strickzeug am Fenster, blicken erwartungsvoll Straße auf und ab, horchen mit Spannung nach dem ersten Ton der Musik. Die männlichen Bewohner aber sammeln sich im Wirtshaus; die Bursche eifrig bestrebt, durch reichlichen Biergenuß die Feststimmung zu steigern, die Väter wohl in der geheimen Absicht, die ankommenden Fremden zu mustern, zu beobachten, zu prüfen, Pläne zu entwerfen, die ersten Maschen eines Netzes zu knüpfen, das irgend einen Goldfisch nach und nach umschlingen und festhalten soll. Alles aber erwartet mit Ungeduld die Musikanten, denn mit ihrem Eintreffen beginnt erst das Fest.

Auch heute lugten in Dammsbrück aus allen Fenstern ungeduldige Augen nach den Musikanten, und als sie denn endlich aus dem dicht hinter den letzten Häusern des Dorfes beginnenden Hochwald auftauchten, begrüßte sie die harrende Jugend mit lautschallendem Freudengeschrei und geleitete sie mit bewundernden Blicken auf die Instrumente nach dem Wirtshause. Besonders Hanshenner mit seinem Baß erregt Aufmerksamkeit und Bewunderung, und obgleich schon daran gewöhnt, schmunzelt der Alte doch gar behaglich bei den Ausbrüchen kindlichen Staunens. Er kann sich nicht enthalten, den alten Kasten auf seinem Rücken liebkosend heimlich zu betasten; am liebsten hätte er sich mitten im Schnee aufgestellt, um den Kindern tatsächlich zu beweisen, welche Kraft in der »alten Base« schlummert. Da das nicht angeht, rückt und schüttelt er das ächzende, knarrende Gehäuse besser zurecht, und während er ganz furchtbare Dampfwolken von sich bläst, schmunzelt er: »ja, ja, ihr Kinder, wundert euch nur! Das ist auch ein Baß, solchen findet man nicht wieder Land auf und Land ab; die alte Base ist gar nicht tot zu machen!«

Auf der Welt ist kein Glück vollkommen, mit dem Eintritt ins Wirtshaus beginnt Hanshenners Not; was ihn auf dem Wege durchs

Dorf beglückte, wird jetzt seine Qual. Die Musikanten eilen sämtlich mit ihren Instrumenten in die Wirtsstube, – nur der Baßgeige, die allzu viel Raum im engen Stübchen einnehmen würde, ist der Eintritt versagt, und wie auch Hanshenner wettert, es hilft nichts! Will er sein Kleinod nicht auf dem Hausflur allen bösen Zufällen bloßstellen, muß er es im Tanzboden, auf dem Orchester in Sicherheit zu bringen suchen. In Sicherheit! Der Tanzboden ist natürlich jedermann geöffnet, und die liebe Jugend tanzt und schwärmt in Scharen darin herum. Verjagen kann und darf sie Hanshenner nicht, das wäre ein ganz unerhörter Eingriff in die Dorfsouveränität, welcher die bedenklichsten Folgen nach sich ziehen könnte; so bleibt ihm nichts übrig, als den Baß in einer Ecke des Orchesters möglichst sicher aufzustellen und der Jugend mit harten Drohungen zu verbieten, das kostbare Instrument zu berühren, – Drohungen, deren Nutzlosigkeit dem Alten nur allzu wohl bewußt ist. Mit bekümmertem Gemüt verläßt er endlich den kalten Raum, nicht ohne einige Male ganz unerwartet zurückzukehren und die harmlose Jugend durch schauderhafte Grimassen und entsetzliches Gebrüll, – jetzt wirklich ohne allen Grund, – in Schrecken zu setzen.

Er kam gerade noch recht, vom Begrüßungssturm im Gastzimmer seinen Anteil zu empfangen. Jung und alt umdrängte die hochwillkommenen Gäste, geschäftige Hände nahmen ihnen Mäntel, Tücher, Mützen und Instrumente ab, von allen Seiten wurden ihnen volle Biergläser entgegengereicht. *Diese* Begrüßung war den lustigen Gesellen die liebste, sie wurden nicht müde, ein Glas nach dem anderen zu leeren; der Eckenpeter besonders entwickelte ein merkwürdiges Geschick, noch während er scheinbar Nase und Augen gänzlich in das Bierglas versenkte, mit der andern freien Hand ein neues, frisch gefülltes Seidel zu erhaschen, so daß ihm der Vorrat nie ausging. Natürlich beeiferte sich Hanshenner, das Versäumte nachzuholen; – dabei vergaß er wenigstens für den Augenblick seine Sorgen um den geliebten Baß.

Vergessen darf übrigens nicht werden, daß diese Teilnahme durchaus nicht allein, ja nicht einmal vorzugsweise den Spielleuten galt. Die Musikanten waren in der Tat den Dammsbrückern werte Bekannte, liebe Freunde, vor allem aber, – sie waren die Bergheimer Choradstanten und als solche ebensowohl den Dammsbrückern angehörig, als allen übrigen Ortschaften der Bergheimer Pfarrei. Die

Begrüßung beschränkte sich darum auch keineswegs auf freundliche Hilfe beim Eintritt, auf das Darreichen des Bieres, – an allen Tischen rückten Männer und Jünglinge zusammen und drängten und schoben mit freundschaftlicher Gewaltsamkeit die Musikanten nach den ihnen zugedachten Plätzen. Am beliebtesten waren offenbar der lustige Schneidersnikel, der Eckenpeter und der Hanshenner, – wenigstens stritten sich alle Tischgesellschaften um ihren Besitz, welchen Streit sich sowohl der Eckenpeter als auch der Hanshenner wohl zunutze zu machen verstanden und arge Verheerungen unter den Bierseideln anrichteten.

Der Simesbauer war auch anwesend; finster saß er in einer einsamen Ecke; mit einer gewissen Unruhe betrachtete er die eintretenden Musikanten. Nach und nach erhellten sich seine Züge, er winkte den Zimmerdick zu sich, der mit sehr verlegenem Gesicht neben ihm Platz nahm, was aber der Alte nicht bemerkte. Das gleichgültige Gespräch, das die Alten »einfädelten«, ward nicht lange fortgesetzt, denn am vorderen Tisch erzählte eben der Schneidersnikel den lauschenden Dammsbrückern Hanshenners Unfall mit dem Baß, und der Simesbauer stimmte herzlich in das allgemeine Gelächter mit ein. Plötzlich verstummte er, strich sich mehrmals mit der flachen Hand über die Augen, beugte sich weit über den Tisch und starrte nach der Tür. »Also doch, – doch,« zischte er durch die Zähne, drückte des Dicken Arm, daß dieser hätte aufschreien mögen, und knirschte, bleich vor Zorn und Erregung: »Gebt Raum, Vetter; laßt mich hinaus, ich ersticke sonst! – Vorn seh ich einen, mit dem kann ich nicht die gleiche Luft atmen!« Der bestürzte Zimmerdick wollte den Bauer zurückhalten, allein ehe er zu Worte kommen konnte, hatte der Simeslorenz seinen Arm abgeschüttelt und war durch eine Nebentür verschwunden.

Niemand bemerkte die plötzliche Entfernung des Bauern, die gewiß Aufsehen erregt haben würde, – denn eben, als der Schülzle eintrat, erhob sich am vorderen Tisch ein großes Getöse.

Der Hanshenner hatte mit großem Behagen der Erzählung seines Abenteuers gelauscht, bereitwillig aus dem dargebotenen Tabaksbeutel seines Nachbars die Pfeife gestopft und den ihm zugeschobenen Biergläsern tapfer zugesprochen. Es konnte nicht fehlen, daß er allmählich in die heiterste Stimmung geriet. Plötzlich fuhr er zusammen, und das Lachen verschwand aus seinem jovialen, feuerrot glühenden Gesicht, – allein der eben losbrechende. Freudensturm über die gelungene Baßrutschpartie zwang auch ihn zum Lachen. Hanshenner beruhigte sich jedoch nicht sogleich, den Oberkörper weit vorgebeugt, lauschte er mit gespannter Aufmerksamkeit nach der Tür.

Der Wirt wälzte ein neues Faß zum Anzapfen herein, die Türe blieb einige Sekunden offen; da sich auch der Lachsturm legte, schallten deutlich dumpf rasselnde Töne herein, – plumps! – dröhnte ein dumpfer Schlag durch das Haus, dann ward es still, denn die Türe schloß sich auf die heftigen Reklamationen der Gäste, denen die Füße kalt wurden.

Schon lag aber auch Hanshenners Tisch umgestürzt mitten in der Stube, Biergläser splitterten und klirrten in allen Ecken, der edle Gerstensaft floß auf die Erde, fluchend krochen die mit umgerissenen Tischgenossen aus dem Gewirr von Stuhl, Tisch und menschlichen Beinen hervor, und der Wirt lief schimpfend nach den umherkollernden Bierseideln, zu retten, was zu retten war. Ohne die Verheerung eines Blickes zu würdigen, stürmte Hanshenner, blaurot im Gesicht, über die zappelnden und rudernden Trümmer einer friedlichen Kneipgesellschaft nach der Tür. Wie ein zürnender, rächender Donnergott stürmte er dahin, Dampfwolken entquollen seinem Mund gleichsam als Vorboten der nachfolgenden Blitze und Donnerkeile, und die weit zurückflatternden Schlippen seines langen Kirchenrocks sahen wehenden Fledermausfittichen nicht unähnlich.

»Ich dacht's! Ich hab's ja gleich gedacht, so wird's! – Mein Baß, mein Baß,« brüllte Hanshenner. »Ihr sappermentischen Himmelschwerenöter, ihr nichtsnutzigen Krappelratten, – wartet, ich will euch ein siediges Donnerwetter auf den Buckel hageln! – Mein Baß, mein Baß!«

Ein Zetergeschrei erhob sich, wie ein Sturmwind brauste es durch den Hausflur, heulend und schreiend sprang, lief, hüpfte und stürzte die Jugend ins Freie, dazwischen schimpfte Hanshenner und schrie wehklagend: »mein Baß, mein guter, alter Baß!«

Erstaunt und bestürzt sahen sich die Gäste an, der Wirt ließ die Gläser liegen, und die zu Fall Gekommenen vergaßen ganz das

Aufstehen. Der Zimmrerdick aber rief:»potz Tausend noch einmal! Gewiß hat das Kleinzeug den Baß vom Orchester geworfen! – Das geht in Wahrheit über das Bohnenlied!«

In sorgenvoller Erwartung stürmte nun auch der Zimmerdick nach dem Tanzboden, ihm nach drängten die Musikanten und die Gäste, selbst der Wirt blieb nicht zurück. Bald wandelte sich jedoch der Schreck in heiteres Staunen. Mitten im Tanzboden stand Hanshenner, den Baß in der Hand, den er mit leuchtenden Augen betrachtete. Eben griff er nach dem Bogen, zog ein paar kräftige Striche über die Saiten, und die schnarrenden, rasselnden Töne mußten wohl seine letzte Besorgnis zerstreuen, denn mit glückseligem, triumphierendem Lächeln rief er seinen Zuschauern zu:»ich sag's ja, die alte Base ist nicht tot zu machen! Ja, solch einen Baß gibt's nicht wieder Land auf und Land ab!«

Den Dammsbrückern nahm diese Rede eine nicht minder große Last von den Seelen als den Musikanten. Des Umsturzes in der Gaststube, des verschütteten Biers und der zerbrochenen Gläser ward nicht weiter gedacht, man war froh, daß die Geschichte noch so gnädig abgegangen. Dagegen ward von allen Seiten der Baß mit Lobsprüchen überhäuft, und zu Hanshenners unsäglicher Befriedigung trug jetzt der Wirt selber das alte Gehäuse in die Stube, um es vor ähnlichen Schicksalen sicherzustellen.

Bald saß die Gesellschaft wieder in alter Behaglichkeit beisammen, allein nicht bloß Hanshenners Blicke ruhten auf dem Baß. Ein schmächtiges, kleines Männchen mit faltigem, blutlosem Gesicht betrachtete ihn scharf forschend. Endlich stand das Männlein, es war der Schreiner von Mürschnitz, gar auf, ging zu dem Baß, drehte ihn nach allen Seiten und musterte ihn mit Kennerblicken. Nachdem er auch noch an den Saiten gerissen, die Tonstärke zu prüfen, lehnte er ihn mit Kopfschütteln wieder in die Ecke zurück und sagte bedächtig:»alt ist der Baß und geflickt genug, das ist nicht zu streiten, sonst ist auch nicht viel daran zu rühmen. Da ist unser Baß ein andrer Kerl, potz Tausend!«

Die Musikanten und die Dammsbrücker wurden aufmerksam und betrachteten den Fremden, der gleichmütig auf seinen Platz zurückkehrte, mit zweideutigen Blicken. Hanshenner vollends war das Blut nach dem Kopf geschossen; verächtlich sagte er:»he, – Ihr seid ja wohl der Mürschnitzer Schreiner, was? – Auf Euern Leimtiegel mögt Ihr Euch verstehen, aber die Musik geht über Euern Verstand!«

»Nu! – Aufs Instrument gelernter Musikant bin ich freilich nicht; aber ich geh aufs Chor unter die Sänger, und unser Schulmeister hält was auf mich, denn ich sing die schwerste Musik vom Blatt weg!«

»Das ist auch was,« fiel der Wasserfuchs verächtlich drein. »Singen kann jeder, das ist angeboren, wie das Reden und Essen und Trinken. Singen ist gar keine Musik! Wenn auch manchmal ein Blatt mit Noten vorgelegt wird zum Singen, das ist Schnurrpfeiferei, damit's das Ansehen hat, als wär's was! Das ist die Musik, daß man auf seinem Instrument 'rausbringt, was vorliegt! – Und Ihr wollt über unsern Baß reden? – Das macht mich lachen, ha ha!«

»Ich versteh mich aufs Instrumentenmachen,« sagte der Schreiner, der die Rede des Wasserfuchs nicht anzufechten wagte. »Von weit her werd ich überlaufen, Geigen und Bässe zu reparieren. Drum versteh ich mich auf die Instrumente, und drum sag ich: Euer Baß ist nicht ganz zu verwerfen, aber er hat keine Stärke!«

»Was, mein Baß hätte keine Stärke?« sagte Hanshenner, in dem der Schalk erwachte, mit geheimnisvollem Lachen. »Daß dich der Geier! Haben ihn doch erst die Rackerjungen vom Orchester in den Saal geworfen, und nicht *ein* Rißle hat er davongetragen. Ich mein, solchen Sturz verträgt nur ein ausbündig starker Baß!«

Der Schreiner lachte mit. »Ja, so habe ich's nicht gemeint! Ich wollt sagen: Euer Baß hat keine Kraft!«

»Keine Kraft?« lachte Hanshenner glückselig. »Und hat mich, – mich! – 'nen Berg hinabgetragen? – Das ist keine Kraft?«

»Ihr seid ein loser Vogel und wollt mich nicht verstehen,« sagte der Fremde verdrießlich über das allgemeine Gelächter. »Darum handelt sich's gar nicht. Ich meine, Euer Baß hat keine Stärke, er dringt nicht durch. Schwenselens, wenn bei der Kirchenmusik unser Baßgeiger richtig aufstreicht, brummen die Fensterscheiben!«

»Weiter nichts?« entgegnete Hanshenner verächtlich, und der helle Übermut leuchtete aus seinen kleinen Augen. »Wenn ich auf dem

Bergheimer Orchester meinen Baß richtig anstreichen wollte, fiel der Kalk von den Wänden, und in Sülzdorf würden die Hunde rebellisch, weil sie meinen, es donnert!«

»Ihr seid ein alter Narr,« schrie der Schreiner giftig. »Und so sag ich's, Euer Baß taugt gar nichts, keinen Schuß Pulver ist er wert. – Der alte Rumpelkasten hat gar keinen Ton!«

»Keinen Ton? – Keinen Ton?« fuhr nun Hanshenner auf, der fühlte, daß dies die ärgste Beleidigung für seinen Baß sei. »Potz Blitz und Hagel, – Ihr einfältiger Schreiner, der Ihr seid! Ihr wißt ja gar nicht, was ein Ton ist!«

»Besser wie Ihr, wenn ich gleich kein aufs Instrument gelernter Musikant bin,« höhnte der Schreiner, seines Übergewichtes sicher. »Und ich will's Euch sagen, was ein Ton ist Ein Ton ist's, wenn's einem so recht in den Ohren prickelt und kitzelt!«

»So?« schrie Hanshenner. »Wenn ich meinen Baß anstreich, wie sich's gehört, da kitzelt's in den Ohren und fährt einem zu den Fußspitzen hinaus! – Und das wär kein Ton, – he?«

Der Schreiner war vollständig geschlagen, und Hanshenner erntete lauten Beifall. Als sich der Lärm legte, schlug der Fremde mit der Faust auf den Tisch und rief: »und Euer Baß ist doch nichts, – gar nichts ist er gegen unsern Baß, denn unser Baß ist ein Generalbaß!«

»Wer sagt das?« schrie Hanshenner blaurot im Gesicht.

»Unser Schulmeister,« schrie der Schreiner und schlug abermals auf den Tisch.

»Das wird ein schöner Schulmeister sein,« tobte Hanshenner.

»Ein anderer wie Eurer,« fertigte ihn der Schreiner ab. »Das ist ein Mann, potz Wetter! Die Musik ist ihm schon lang gar nichts mehr, darüber ist er lang hinaus! Er kennt den Generalbaß!«[1]

---

[1] Für nicht musikalische Leser eine Bemerkung. Generalbaß nennt man den Grundbaß eines Tonstücks, bei welchem durch Ziffern die darauf gebauten Akkorde angegeben sind. Generalbaß bedeutete früher und hat heute noch auf dem Lande die wichtigere Bedeutung, daß darunter Musik- und Kompositions-

Das Staunen kam nun über die Musikanten und Dammsbrücker, selbst Hanshenner schwieg verblüfft. Wie alle ländlichen Musikdilettanten hatte er einen heiligen Respekt vor dem Generalbaß, den er wohl da und dort hatte nennen und als etwas Großes preisen hören, ohne auch nur im entferntesten zu ahnen, was das eigentlich sei. Triumphierend fuhr der Schreiner nach einer Pause fort: »Ja, unser Herr Schulmeister, das ist ein Mann, solch einer steht gar nicht wieder auf. Was aber unsern Baß betrifft, so vergeht keine Kirchenmusik, bei der er nicht sagt: »Der Generalbaß ist die Seele der Musik!« – He, was sagt Ihr nun? Was will Euer Baß dagegen bedeuten?«

Mit Hanshenners Geduld und Besonnenheit war es längst vorbei. Kaum war sein Gegner zu Ende gekommen, so schlug nun er auf den Tisch und schrie: »Potz Blitz und Hagel! Ich pfeif auf Euern Schulmeister und Euern Baß. Meinetwegen mag Euer Baß ein Generalsbaß sein, oder ein Korporalsbaß, oder ein Feldwebelsbaß, – *mein* Baß ist ein *Hauptbaß*, damit punktum! Solchen Baß findet man nimmer Land auf und Land ab, – der ist ja gar nicht tot zu machen!«

Dagegen konnte nun der Schreiner wenig sagen, er blieb freilich dabei, der Mürschnitzer Baß sei ein ganz anderer Baß als der Bergheimer, – aber wer glaubte ihm? Wer achtete auf seine Beweise? Grimmzornig trank er endlich sein Bier aus und behauptete, die Bergheimer Musik sei überhaupt keinen Schuß Pulver wert, alle Welt wisse das; die Musikanten verdienten gar nicht, daß man sie als Musikanten estimiere. Damit hatte er es jedoch vollends verdorben, bei den Musikanten sowohl als bei den Dammsbrückern. Ein lauter Lärm erhob sich; als der Schreiner noch immer nicht schwieg, machte der Wirt kurzen Prozeß und führte ihn mit den Worten aus der Tür: »Wenn Euch der Rücken allzu sehr nach Schlägen juckt, sucht sie Euch anderswo, Prügel sind ja überall zu haben. In meinem Haus aber leide ich den Unfug nicht!«

Damit war die Ruhe hergestellt, wenn es auch in den Gemütern noch fortwogte. Zudem ward nun auch das Wirtshaus leer; die Mannsleute eilten heim, die nötigen Arbeiten in Stall und Scheune zu besorgen, um, da es nun einmal am Tag doch nicht zum Tanzen

---

lehre im allgemeinen verstanden wird. Darum der Respekt der Bergheimer Musikanten.

kam, abends desto zeitiger auf dem Platz zu sein. Auch die Musikanten bereiteten sich auf ihre Nachtarbeit; schweigend verzehrten sie ihr frugales Mahl, bestehend aus Schwarzbrot und Heringen.

*

Mit wachsender Beklemmung war Schülzle nach Dammsbrück hinabgestiegen; je näher er dem Wirtshaus kam, desto unheimlicher war ihm zumut, – und, lieber Gott, seine Befürchtungen waren ja auch nur allzu begründet. Instinktiv traf sein erster Blick beim Eintritt in die Wirtsstube auf den Simesbauer; er sah sein Erblassen, seinen Schreck und Zorn, sah, wie er außer sich das Zimmer verließ. Obgleich er das oder Ähnliches erwartet, senkte sich doch ein dunkler Schleier vor seine Augen; mechanisch legte er Mütze und Trompete ab; mechanisch erwiderte er Grüße und Handschlag; ohne zu wissen, daß es geschah, tat er den ihm Zutrinkenden Bescheid. Sobald es aber ohne Aufsehen geschehen konnte, machte er sich los, zog sich in den stillsten Winkel zurück und versank in finsteres Brüten.

Der Zimmerdick ließ ihn nicht aus den Augen; es drängte ihn, dem Tollkopf noch einmal ins Gewissen zu reden, zugleich sagte er sich jedoch, daß, wenn selbst *dieser* Auftritt den Burschen nicht zur Besinnung bringe, seine Worte doch verschwendet waren, – und so überließ er ihn sich selbst. Auch beim Essen schien er ihn nicht zu bemerken, mischte sich weder für noch gegen ihn in die Neckereien der jüngeren, in die Schelte der älteren Musikanten; – Paul sollte fühlen, daß er ernstlich zürne. Er erreichte seine Absicht; ein schwüler Blick, den der Bursche verstohlen auf ihn richtete, sagte ihm, daß er verstanden. Aber eben dieser Blick traf den guten Alten mitten ins Herz und fachte die Liebe zu hellohenden Flammen an. Tief rührte ihn der Kummer seines Lieblings; das Mitleid über den Jammer, der dem Sohn seines Freundes drohte, überwog seinen Zorn, er konnte sich nicht halten, als man sich zum Beginn der Arbeit rüstete, trat er noch einmal zu dem Jüngling und flüsterte ihm zu: »Paule, – bedenk, was du tust! – Noch ist's nicht zu spät, – kehr um!«

»Laßt mich in Ruhe,« war die unmutige, unartige Antwort.

»Ich werde dich nimmer stören,« entgegnete der Dicke tief gekränkt. »Meinetwegen tu, was du magst!«

Die Nacht war hereingebrochen, am Himmel funkelten in ruhiger Klarheit die Sterne, und im Tanzboden entzündete der Wirt einige wenige kümmerliche Talgkerzen, deren Licht gerade hinreichte, die Finsternis in eine graue Dämmerung zu wandeln. Der Natur selbst schien die Öde des völlig leeren, viereckigen, weißgetünchten Raumes unerträglich gewesen zu sein, denn mit einem wunderbaren Schmuck hatte sie die kahlen Wände, die zum Teil ihres Kalkbewurfes beraubte Decke verziert, – unzählige Eiskristalle schimmerten und blitzten im Kerzenlicht wie Diamanten. Diese Herrlichkeit machte jedoch den Musikanten wenig Freude; pustend und schnaubend betraten sie den Tanzboden; heftig sich schüttelnd und stampfend, – der Atem umhüllte als dichter Nebel den Sprecher, – meinte der Hansaden: »Pruh! Donnerwetter! – Das ist ja 'ne wahre Eisgrube! Da kann man was aushalten!«

»Element noch einmal,« meinte der Wasserfuchs, und schlug die Arme heftig übereinander. »Was vorliegt, wird gemacht, aber von solcher Hundekälte steht nichts in der Partitur! Das halte der Geier aus, meine Füße sind schon wie Eis!«

»Kriecht 'nein ins Orchester,« beschwichtigte der Wirt eifrig. »'s ist über dem Stall, da wird Euch kein Fuß kalt! – Und da ist ein Gießer Bier für den Anfang, der kostet nichts! – Trinkt! 's Bier ist für alles gut, auch für die Kälte!«

Besonders der Biergießer wirkte beruhigend auf die Gemüter; wenn auch noch brummend, doch ohne Groll krochen die Musikanten, einer nach dem andern, in das Loch, welches mit dem stolzen Namen eines Orchesters beehrt wurde. Um in dem engen Gelaß den Raum für die Tänzer nicht noch mehr zu beschränken, hatte man eine Wand durchgebrochen und durch Bretterverschläge eine Art Hühnerstall nach außen abgegrenzt, der, nach dem Tanzlokal zu offen und mit einer Brüstung versehen, den Musikanten zum Aufenthalt dienen mußte. Sie befanden sich also eigentlich außerhalb des Tanzbodens in einer Bretterhöhle, die aber bloß vom Tanzplatz zugänglich und so niedrig war, daß die Männer nur sitzend darin Platz fanden. Um die Aufstellung des Basses zu ermöglichen, ward ein viereckiges Loch in die Decke der Bretterhöhle gesägt, durch welches Hanshenner die Schnecke und das Wirbelhaus seines Basses steckte. Dieses Hineinragen des Basses in eine höhere Region hatte aber auch seine Unzuträglichkeiten, denn wenn der Baß gestimmt werden sollte, mußte das Ungetüm erst auf den Boden gelegt werden, um zu den Wirbeln gelangen zu können, die sich für gewöhnlich droben in der Mägdekammer des Wirtshauses befanden. Zum Glück hatte der Baß unseres Freundes außer andern auch die wunderbare Eigenschaft, daß er einer neuen Stimmung fast nie bedurfte. Obgleich nun das »Orchester« wirklich einige Fuß über den Boden des Tanzplatzes erhöht war, gebrauchte der Wirt einen ganz korrekten Ausdruck, wenn er die Musikanten aufforderte, hineinzukriechen.

Das Hineinkriechen und Platznehmen erforderte Mühe und Zeit, bei Hanshenner und dem Zimmerdick ging das nicht ohne schwere Seufzer ab. Endlich aber saßen alle Musikanten wie Hühner auf der Stange, die Instrumente wurden gestimmt, noch einmal machte der Gießer die Runde, dann wendete sich der Bergkasper an die Violinspieler mit den Worten: »Achtung jetzt! Aufgekjatzt, daß die Haaje davonfliegen!« Der Mühljohann nickte, klopfte mit seinem Bogen auf die Brüstung, dann ging es los, »daß 'ne alte Wand wackelt,« wie der Wasserfuchs zufrieden bemerkte.

Beim Beginn der Musik war der Saal noch völlig leer; kaum erklang jedoch der erste Akkord, so prasselte ein Schwarm geputzter Mädchen wie ein Flug Tauben herein, ihnen folgten auf dem Fuße jauchzend, stampfend, hüpfend und schnalzend die Bursche. Statt der Aufforderung streckten sie nur, – immer im Takt forthüpfend, – den Arm aus, aus dem dichtesten Schwarm der Mädchen schoß die Auserwählte wie ein Pfeil hervor in die Arme des Tänzers, und fort ging es in sausender Flucht.

Die alten Musikanten spielten gleichgültig ihre Tänze ab; lieber Gott, das Tanztreiben waren sie ja gewohnt, zum Überdruß gewohnt, das Spielen war für sie eben eine mühselige Nachtarbeit, die sie gewiß ins Pfefferland gewünscht haben würden, hätte nicht der Biergießer sie getröstet, die Aussicht auf einen guten Verdienst sie aufgemuntert. Lebhafteren Anteil an dem bunten Treiben da unten nahmen die jungen Bursche; der Mühljohann seufzte unwillkürlich, wenn die Paare so lustig sich drehten, und der Bergkasper vergaß einige Male über dem Blickewechsel mit den Mädchen drunten zu rechter Zeit mit seiner Klarinette einzusetzen, – was ihm jedesmal einen derben Rippenstoß vom Eckenpeter eintrug. Stumm, düster, anscheinend völlig teilnahmlos saß der Schülzle zwischen dem Eckenpeter und Wasserfuchs, – – doch war seine Teilnahmlosigkeit nur Schein. Rastlos durchflogen seine Blicke den halbdunkeln Tanzraum, den bald eine dichtgedrängte Menge erfüllte, sie bohrten sich in die dunkelsten Ecken, in die verstecktesten Winkel, – umsonst, er fand nicht, was er suchte, nirgends war das Simesevebärble zu entdecken. Was bedeutete das? Wollte ihn das Mädchen durch ihr Wegbleiben strafen, ihm damit sagen: es ist aus zwischen uns? – Oder hielt sie ein Verbot des Vaters zurück? – Auch das war schon schlimm, Grund genug zu den ernstesten Sorgen, – denn es war fast unerhört, daß ein Vater seiner erwachsenen Tochter den Besuch des Tanzes im eigenen Dorf verboten hätte; wenn es geschah, bedeutete es nichts Gutes, dann war es sicheres Zeichen eines unbeugsamen Willens. Dennoch wäre ein solches Verbot des Vaters ein Trost für Schülzle gewesen, dessen Herz erzitterte bei dem Gedanken, Evebärble könne ihn freiwillig meiden. Mühsam behauptete er wenigstens äußerlich seine Fassung; allein seine Erregung war zu groß, zu stürmisch wallte das Blut durch seine Adern, als daß er seines Instrumentes Herr geblieben wäre. Der Eckenpeter hatte ihn schon mehrmals verächtlich von der Seite angesehen, ohne jedoch eine Bemerkung zu machen, nach einem neuen Tanz jedoch goß der Wasserfuchs das Wasser mit Heftigkeit aus seinem Horn, vergaß die Eigentümlichkeiten des Orchesters und stieß beim Aufspringen so heftig an die Decke, daß die dünnen Bretter krachten und er mit einem Schmerzensruf auf seinen Sitz zurücksank. Dieser Unfall vermehrte seinen Zorn; heftig den Kopf reibend, den zum Glück die Pelzmütze geschützt hatte, schrie er den Schülzle an:»Gottseindunner, Kerl, was ist das für 'ne Blaserei? Ist das nicht ein Gezwitscher, als säße ein Sperk (Sperling) in deiner Trompete? – Ein Nachtwächter schämte sich, so zu blasen! – Paß auf und mach, was vorliegt, oder ich tret noch anders auf!«

Der Schülzle ward rot und schämte sich, zu entgegnen wagte er nichts. Zwar, das »was vorliegt« war nur eine Redensart des Wasserfuchs, keinem war es eingefallen, ein Notenblatt aufzulegen; der Vorwurf traf nur um so härter. Ward nach Noten gespielt, verstand sich ein zaghaftes, fehlerhaftes Spiel von selber, und da es allgemein war, gab es keine Vorwürfe; ging es aber »auswendig«, dann ward strammes Spiel gefordert. Der Schülzle also schämte sich; allein die guten Vorsätze kamen nicht zur Ausführung, noch schneller, als sie gefaßt, waren sie auch schon wieder vergessen.

Am Eingang entstand ein Gedränge, dem eine allgemeine Bewegung im Saal folgte, – ein Haufe Bursche drängte durch die Menge und machte, von allen Seiten begrüßt, endlich in der Nähe des Orchesters Halt. Der Schülzle ward totenbleich und wieder glühendrot, als er den Hofmartin von Rottenstein, einen der reichsten und angesehensten Burschen der Gegend, fragen hörte: »heda, wo steckt das Simesevebärble? – Hat sie niemand gesehen?« –

Paul wollte aufspringen, die Blicke der Musikanten und der umstehenden Dammsbrücker hielten ihn nieder, – so durfte er sich nicht verraten. – Wohl war es ihm nicht unbekannt geblieben, daß seit einiger Zeit der Hofmartin dem Evebärble zu Gefallen ging. Er hatte darauf nicht sonderlich geachtet, einmal, weil er der Liebe des Mädchens sicher war, dann aber, weil er nicht an ernstliche Absichten des Hofmartin glaubte, der, nach seinem Vermögen zu urteilen, wohl nach einem reicheren Mädchen, als das Evebärble war, ausschauen durfte. Desto niederschmetternder mußten diese Worte auf ihn wirken! An einer ernstlichen Neigung des stattlichen, achtbaren Burschen war nach solcher Kundgebung nicht mehr zu zweifeln! – Armer Paul, was bedeutest du gegen einen solchen Bewerber? Und nun gar noch der Zorn des Simesbauern! – – –

Die Musikanten sahen die Not ihres Kameraden; obgleich sie ihm alle zürnten, regte sich doch das Mitleid in ihnen, ihre Gutmütigkeit behielt die Oberhand; – damit Paul Zeit habe, sich zu sammeln, stimmten sie rasch einen neuen Tanz an. Schülzle hielt wohl die Trompete an den Mund, einen Ton brachte er jedoch nicht hervor; mit Herzklopfen beobachtete er den Hofmartin, der, statt zu tanzen, mit seinen Kameraden in eine Ecke zurückgetreten war und sich eifrig mit ihnen beredete. Jetzt war es unserm Freund fast ein Trost, daß das Evebärble nicht erschienen war, entging sie doch so den Bewerbungen seines gefährlichen Gegners. Hätte nur Martin noch getanzt, – Schülzle würde sich vollständig beruhigt haben, allein sobald sollte es bei ihm dazu nicht kommen.

Die Unterredung Martins mit seinen Kameraden dauerte lange, schon ging der zweite Tanz zu Ende, und noch immer standen sie in ihrer Ecke. Jetzt, – der Mühljohann gab eben das Zeichen zum Beginn der Musik, – schien man dort einen Entschluß gefaßt zu haben, die Bursche nickten sich eifrig zu, und von zweien begleitet verließ der Hofmartin rasch den Tanzplatz. Der Wasserfuchs ließ ein dumpfes Knurren hören, der Eckenpeter, der sonst so teilnahmlose Mensch, setzte die Trompete ab, blickte aus den Augenwinkeln auf Schülzle und sagte: »hör du, um deine Sachen steht's schlecht! Ich glaub meiner Seel, der Martin geht ins Simeshaus und holt das Evebärble! – Schülzle, Schülzle, – dasmal ist's g'fehlt bei dir!«

Schülzle saß regungslos, – was sollte er sagen? Es ist in der Bergheimer Gegend nicht Sitte, daß die Bursche die Mädchen aus dem elterlichen Haus zum Tanz abholen. Man bestellt sich an irgend einen Ort, sei es auf einen Tanzplatz, einen Jahrmarkt, ein Vogelschießen oder eine Kirmse, – und trifft dort zusammen, ohne die Eltern erst viel zu fragen oder sie überhaupt etwas von der Bestellung merken zu lassen; daß ihnen nichts verborgen bleibt, dessen ist man ja ohnedies gewiß, Schwätzer und Zuträger fehlen nirgends. Kommt nun aber ein Bursch dennoch einmal in ein Haus, um sich die erwachsene Tochter zur Tänzerin zu erbitten, so ist dies ein wichtiges Ereignis, – solche Bitte gilt für eine entschiedene Werbung, und geben die Eltern der Tochter die Erlaubnis, mit dem Burschen den Tanzplatz zu besuchen, willigt auch das Mädchen ein, mitzugehen, so werden beide von Freunden und Bekannten als Brautpaar betrachtet.

Unter solchen Umständen ist die Aufregung unsers Freundes begreiflich. Daß der Hofmartin, wenn er wirklich um das Simesevebärble bitten gegangen war, von den Eltern nicht abgewiesen werden würde, daran durfte er nach den heutigen Vorgängen nicht zweifeln, es war nur noch die Frage, wie das Evebärble diese offne Werbung aufnehmen, ob sie dem Burschen folgen würde. Und warum sollte sie nicht? Bei allem törichten Trotz und Eigensinn, den Schülzle selbst jetzt noch keineswegs überwunden hatte, war sein Denken völlig klar, dazu war er auch viel zu praktisch, als daß er sich nicht selbst gesagt hätte: und warum sollte sie nicht? Von mir hat sie nun einmal nichts zu hoffen; daß ich hier in Dammsbrück sitze und zum Tanz aufspiele, muß uns ja scheiden. – Warum sollte sie nun solch ehrenvollen Antrag, der ihr gewiß nicht zum zweitenmal kommt, abweisen? Warum bei einem Burschen nicht Trost suchen, an dessen Ruf selbst Neid und Bosheit nicht zu rühren wagten? Warum sollte sie sein freundliches Entgegenkommen, – grade heute, – nicht für einen Wink des Himmels nehmen, in ihm einen

Ersatz des verlornen Liebsten sehen? – *Mußte* sie nicht, da der Tausch so sehr zu ihrem Vorteil ausfiel? – Schülzle fieberte, es zuckte ihm durch die Finger, die Trompete, die am Ende an all seinem Unglück schuld war, zusammenzupressen und weit von sich zu schleudern. Wenn Evebärble kam, wenn sie an der Seite jenes Burschen kam, – was sollte er beginnen? Er suchte sich vorzubereiten, zu fassen, vergeblich; was auch sein Verstand sagen mochte, die Hoffnung wollte sich nicht ersticken lassen, fort und fort sprach es in ihm: es kann nicht sein, sie kann doch nicht kommen!

Die Musikanten beobachteten Paul sorgenvoll, längst war ja Unmut und Zorn verflogen, nur herzliches Mitleid, inniges Bedauern geblieben. Der Schneidersnikel hielt still sein Horn im Arm, den ganzen Abend war noch kein Scherz über seine Lippen gekommen, der Wasserfuchs knurrte und brummte wie ein Bär, der Zimmerdick starrte nachdenklich ins Leere, Hanshenner machte sich mit seinem Baß zu schaffen, und der Eckenpeter betrachtete Schülzle nachdenklich aus den Augenwinkeln. Aller Herzen waren voll Sorgen und Betrübnis; wie so gerne hätten sie dem Burschen geholfen, alles zum Guten gewendet, – allein sie wußten: zureden war hier ebenso nutzlos als trösten; vielleicht war im Simeshaus die letzte Entscheidung schon geschehen, – es blieb eben nichts übrig, als schweigen und abwarten.

Eine Bewegung drunten im Saal, die Paul nicht bemerkte, brachte auch die Musikanten in Aufregung. Der Wasserfuchs beugte sich zu dem in sich zusammengesunkenen Burschen nieder und flüsterte ihm zu: »nimm dich zusammen, Junge, und sei gescheit! Was vorliegt, liegt einmal vor, da ist nichts abzuzwacken; und was vorliegt, muß gemacht werden! – Und es wird gemacht, wenn du nur willst, – in der Welt ist alles zu machen. Und du darfst dich ja auch gar nicht beklagen, hast dir's ja selber vorgelegt, drum sei jetzt gescheit!«

Als Paul bei diesen sonderbaren Worten, auf die sich der Wasserfuchs, beiläufig bemerkt, nicht wenig einbildete, verstört auffahren wollte, hielt ihn der Eckenpeter nieder, betrachtete ihn nachdenklich aus dem hintersten Winkel der Augen und sagte leise: »nur nicht grrrrrand getan, Bursch! Wie's ist, so ist's, daran ist nichts zu ändern! Mach kein Aufsehen, – hast's voraus wissen können, daß es so oder ähnlich kommen muß! Darum sei kein Narr, und tu nicht grand!«

Diese Mahnung war freilich für Paul verloren, – im Saal sah er Evebärble, – schöner, frischer denn je, – bei dem Hofmartin stehen! Also doch, – doch! – In seinem Hirn begann es zu brausen, der Saal drehte sich, die Lichter zogen feurige Kreise um Evebärble und Martin, – ein unendliches, schneidendes Wehe quoll in ihm auf, die furchtbare Gewißheit seines Verlustes legte sich wie ein kältender Schatten über seine Seele. Überwältigt von seiner Not wollte er den Kopf in die Hände sinken lassen, als sich eine Hand auf seine Schulter legte, ein Paar treue Augen dicht vor ihm auftauchten und eine gedämpfte Stimme ernst und eindringlich flüsterte: »Paule, Paule, – was soll das? Mußtest du ein solches Ende nicht erwarten? – Nimm dich zusammen! Willst du dich zum Weibergespött machen? Paule, – durch deinen Trotz hast du mich schwer geärgert, willst du, daß ich dich auch noch als einen Jammerlappen verachte? Kopf in die Höh! – Zeig wenigstens, daß du ein Mann bist!«

Eben gab der Mühljohann das Zeichen zum Beginn der Musik. Die Kameraden des Hofmartin, über den unerwarteten Erfolg ihres Freundes nicht minder erfreut als dieser selbst, umdrängten jauchzend und lärmend das schöne, stattliche Paar, das sie natürlich ohne weiteres als Brautpaar begrüßten. Wie durch Zauberei waren plötzlich ihre Biergläser gefüllt, und schon ungeduldig über die kleinste Verzögerung, winkten sie den Musikanten heftiger zu, durch fröhlichen Tusch dem Willkomm und Ehrentrunk die rechte Weihe zu geben. »Nur nicht grrrrand getan,« flüsterte der Eckenpeter noch einmal hastig Paul zu. »Laß dir nichts merken, sonst hast du's aus bei uns! Halte die Trompete an den Schnabel und tu, als ob du bläst; ich will sorgen, daß die drunten meinen, ein Dutzend Trompeten schmettern los!«

Und er hielt Wort! Die Weiber kreischten, die Männer lachten und fluchten, die Mädchen hielten sich die Ohren zu und flohen aus der Nähe des Orchesters. Den Rottensteinern machte das unsinnige Blasen Vergnügen, je größer der Lärm, desto größer die Ehre! Statt des gesetzlichen Sechsers warf der Hofmartin den Musikanten einen blanken Gulden zu und rief: »und nun flott aufgespielt! Man soll es auch an der Musik merken, daß der Hofmartin mit seiner Braut tanzt!«

Was Schülzle bei diesen Vorgängen litt, was in ihm vorging, – er wußte es selbst nicht, er hatte nur die Empfindung eines unermeßlichen, unerträglichen Schmerzes, dazwischen zuckten Reue, Zorn und Wut wie Blitze durch seine umnachtete Seele. Wie dahin gebannt starrten seine Augen auf die schlanke Gestalt Evebärbchens, die beharrlich dem Orchester den Rücken zukehrte; als sie nun jetzt, ohne das geringste Widerstreben zu zeigen, dem Hofmartin, der sie Braut genannt, in den Reihen folgte, als sie glühend wieder und wieder am Orchester vorüberglitt, ohne ihm einen Blick zu gönnen, da entrang sich seiner gequälten Brust ein tiefer, tiefer Seufzer.

*

»Hm hm! – Ja, was vorliegt, das liegt vor, daran ist nichts abzuzwacken; und daran auch nicht: was eben vorliegt, muß gemacht
werden! – Hm! – Aber! – Was knuffst du mich, he? – Nikel, du bist
kein dummer Kerl, aber ich weiß auch, was ich red, drum brauchst
du mich nicht anzustoßen! – Ja, – eben, – hm! Höllisch verwunder-
lich ist mir's doch! Hätt doch nicht gedacht, daß das Evebärble gar
so fix Ernst macht mit 'nem andern! – Hm, hm! – Ja, die Welt ist
rund und dreht sich, sagt unser Herr Kanter, und wenn ich so den
Lauf der Dinge betrachte, möcht mir das schier selber einleuchten,
obgleich ich für meinen Part nunmehr drauf sterben will, daß die
Sonne auf- und untergeht, wie in unsrer Zeit gelehrt worden ist,
und wie's täglich der Augenschein ergibt! – Hm, hm! – Ja, trau einer
dem Weibervolk, das ist 'ne wetterwendische Art, obgleich, – wenn
man's recht überlegt, – das Mädle eigentlich nicht zu tadeln ist. –
Hm! – Ha, mußt eben denken, Paule, es hat so sein sollen, – oder, –
eigentlich ist das wieder nichts! Daß dich der Geier! – 's ist eine
verzwickte Geschichte, man weiß eigentlich gar nicht, was vorliegt!«

»Warum hab ich dich angestoßen?« knurrte der Schneidersnikel
den Wasserfuchs ärgerlich an, als dieser endlich sehr kleinlaut mit
seiner großen Rede zu Ende gekommen war. »Hab ich's doch voraus gewußt, daß es ein traurig Ende mit deinem Geschwätz nehmen werde. Was hilft das Reden dem Burschen? So leid er mir tut, –
das ist einmal nicht abzustreiten: er ist selber schuld an seinem Unglück; und er muß nun eben zusehen, wie er's trägt, kein Mensch
kann ihm helfen. Drum soll man ihn auch in Ruhe lassen und ihm
nicht erst noch den Kopf heiß schwätzen!«

»Ja, ja, – hast recht,« meinte der Wasserfuchs kleinlaut. »Aber du
hast auch gut reden, du sitzest nicht neben ihm, kannst nicht sehen,
was für ein Elend da vorliegt. Meiner Seel, wenn der Junge noch
lange so dumpf und stumpf neben mir sitzt wie ein heller Haufen
Unglück, nicht redet, nicht deutet, mit offenen Augen nicht sieht, –
ich werd selber noch desparat!«

»Geht's uns etwa anders?« sagte Hansaden traurig. »Zum Kuckuck, solch niederträchtige Musik, wie die heutige, hab ich noch
nicht mitgemacht, will sie auch nicht wieder erleben. Aber wenn
wir nun alle auf den armen Narren einfallen wollten, was würde

draus? Sieh nur, wie's den Zimmerdick angreift, wie's in dem Hanshenner arbeitet, – und doch halten sie an sich. Laß ihn nur, Langer, er wird sich schon selber aufraffen. – Ich glaub auch, er hat von deiner langen Predigt nicht ein Wort gehört!«

»Glaub's selber und bin wahrlich froh darüber,« meinte der Wasserfuchs und kraute sich in seiner Verlegenheit überaus eifrig hinter den Ohren, aus welcher Beschäftigung ihn das Klappern mit dem Violinbogen aufschreckte, bekanntlich das Zeichen, daß ein neuer Tanz beginnen sollte.

Hansaden hatte es getroffen, von der ganzen langen Litanei des Wasserfuchses vernahm Schülzle keine Silbe. Er vernahm überhaupt nichts von allem, was um ihn vorging, völlig geistesabwesend starrte er mit totem Blick ins Leere.

Als er das geliebte Mädchen im Arm eines andern dahinfliegen sah, brannte eine wütende Eifersucht in seinem Herzen auf; er hätte sich auf den Hofmartin werfen, ihn niederschlagen, ihn erwürgen können. Als aber das Mädchen fort und fort an ihm vorüberflog, das Orchester, von dem sie sonst keinen Blick verwandte, für sie nicht vorhanden zu sein schien, als ihre Wangen wohl glühten, ihre Augen glänzten vor innerer Aufregung, aber kein Blick, kein Zucken des Mundes einen inneren Zwang, einen Widerwillen gegen ihren Tänzer verriet, – als sie sogar einmal mit kaum bemerkbarem Lächeln zu ihrem hochgewachsenen Begleiter aufsah, – da kam die Empfindung seines verlornen Glückes in ähnlichen Momenten mit einer Frische und Lebendigkeit, mit solch überwältigender Gewalt und Stärke über ihn, daß er sich, wie von unerträglichen physischen Schmerzen befallen, zusammenkrümmte. Allein er mußte an sich halten, durfte den Sturm, der sein ganzes Wesen erschütterte, nicht kund werden lassen, – und der Zwang, den er sich auflegen mußte, erwies sich als wohltätig und heilsam. An ihm brach sich die Macht seines Schmerzes; gewaltsam an einer Ausbreitung nach außen gehindert, begannen die zurücklaufenden Wellen der Erregung die Seele in ihren Tiefen zu bewegen, Erinnerungen zu wecken, Bilder hervorzurufen, die, lange schlummernd, fast vergessen, in diesem Moment auftauchend, das Bewußtsein völlig erfüllten, wie Öl die brüllenden Meereswogen, die hocherregten Leidenschaften beruhigten, Zorn, Eifersucht und Schmerz in eine tiefe, tiefe Wehmut umschmolzen, den Geist in einer Art Betäubung der Gegenwart, der Außenwelt entrückten, ihn ganz in den schmerzlich süßen Traum einer holden Vergangenheit versinken ließen.

Ob der unsinnige, verkehrte Trotz gebrochen? Ob er zur Einsicht gelangt? – Wohl kaum! – Dieses Zurückweichen vor einer Wirklichkeit, die er hätte voraussehen müssen, dieses Versinken in weichmütige Träumerei, – jetzt, wo das Bewußtsein der begangenen Torheit, die Empfindung seines Unrechts ganz allein seine Seele hätte erfüllen müssen, scheint dafür zu sprechen, daß der alte Eigensinn, der aus falschen Anschauungen entspringende Trotz noch unvermindert in seiner Seele liegt, zwar für den Moment in das Unbewußtsein zurückgesunken, doch nur unter der dünnen Hülle traumartiger Seelengebilde schlummert, aus denen er jeden Augenblick erwachend wieder auftauchen könne.

Für jetzt aber war, wie gesagt, für den Jüngling die Gegenwart völlig versunken, er lebte und webte in einer Welt, die, lange untergegangen, doch das Einzige war, was ihm von seinem Glück, seinen Hoffnungen geblieben.

Die graue, nebelhafte Dämmerung, die seinen Geist umhüllte, begann sich allmählich zu erhellen; die Nebel wallten auf und ab, bis sie endlich als lichte Wölkchen im unendlichen Himmelsblau zerflatterten. Heller Sonnenglanz lag auf Flur und Hain, Wald und Wiese, Anger und Dörfchen. Buntschimmernde Bänder wehten in der frischen, sonnigen Herbstluft, Kränze und Guirlanden schmückten die Häuser und Straßen des Dörfchens, durch welche sich der fröhliche Festzug bewegte, und im Haar der geschmückten Mädchen, an den Mützen der Bursche dufteten holde Blumen. Aber herrlicher als Samt und Seide schimmerten die freudeglühenden Wangen der Mädchen, heller noch fast und schöner als Blumenpracht und Sonnenglanz leuchteten die klaren, freudefunkelnden Augensterne. Und die Schönste unter den Schönen, die holdeste Blüte in diesem Kranz von Mädchenblumen, das war doch das Simesevebärble, und der Schülzle, der unter den Musikanten dem bunten Zug nach der Dorflinde vorausschritt, stellte tiefsinnige Betrachtungen darüber an, wie er bis heute so gleichgültig an dem lieblichen Mädchen hatte vorübergehen können. Nun – Kummer empfand er darüber nicht, war doch nichts versäumt, – wenn auch spät, waren ihm doch nicht zu spät die Augen aufgegangen. Das Mädchen war ja kaum den Kinderschuhen entwachsen, gewiß war ihr Herz noch frei, – was bedurfte es mehr? Ob sie ihn wohl auch lieb haben würde, – er wußte es nicht. Noch hatte er nicht mit ihr gesprochen, nicht mit ihr getanzt, nicht einmal ein Blick in ihre Augen war ihm vergönnt gewesen. Aber auch das kümmerte ihn nicht, ja es machte ihn nicht einmal ungeduldig; war doch Kirmes, hatte er doch drei lange, festfrohe Tage vor sich, in denen er das liebe Kind sehen und sprechen konnte, so oft und lang es ihm beliebte! Und nun erstaunte Paul nicht wenig! Wie schön war doch die Welt! Welche Pracht und Herrlichkeit umgab ihn ringsum! Wo hatte er nur bis heute seine Augen, seine Sinne gehabt! Oder war die Welt plötzlich anders, schöner, besser geworden? – Oder war er nicht mehr der Alte? War in ihm ein neues Leben erblüht? – Ja, das mußte es wohl sein! Fühlte er sich nicht wie verjüngt, wie neugeboren? Woher sonst dieses wohlige Kraftgefühl, dieses herzliche Wohlwollen für alle Kreatur, diese harmlose Heiterkeit und unversiegbare Fröhlichkeit? – Er wußte nicht, warum das so war, er hatte keine Vorstellung von der Macht der Liebe, und er ahnte ja auch nicht einmal, daß die Liebe in seinem Herzen erblüht sei. Er wußte nur, er war glücklich, unbeschreiblich glücklich; er empfand, daß er allen Menschen, der ganzen Welt gut sein müsse, vor allem aber dem kleinen Mädchen mit den wundersüßen Augen, die wenige Schritte hinter ihm dreinschritt; und die ahnungsvolle Gewißheit, daß die Kleine auch ihm gut werden müsse, schwellte seine Brust, daß er hätte mögen laut aufjubeln, hell hinausjauchzen in die sonnige, wonnige Herbstluft!

Und warum sollte er nicht? Hatte er nicht seine geliebte Trompete im Arm? Warum sollte er nicht durch ihren metallnen Mund den Jubel, das Glück, all die Freude und Seligkeit, die sein Herz erfüllte, hinausschmettern? Schülzle war berühmt als Trompeter, und in der Tat war er ein wackerer Bläser, – was ihm aber seine Trompete so wert machte, das war nicht der Ruhm, den sie ihm einbrachte. Es war sonderbar, und Schülzle hatte dafür weder eine Erklärung, noch ein Verständnis, – vor den Leuten im vollen Chor, blieb sein Instrument ein eigensinniges, unbegreifliches Ding, mit dem er wenig anzufangen wußte; wie ihn auch die Leute bewundern und loben mochten, er selbst wußte sehr gut, das, was sie entzückte, das war ja gar kein rechtes Blasen, und der Ton besonders ärgerte ihn, – klang der doch wie Blechgeklapper! Nur selten, in einsamen, stillen Abendstunden, wenn eine Empfindung, – Lust oder Leid, – besonders stark sein Herz erfüllte, wenn es ihn drängte, nach der Trompete zu greifen, – dann ward ihm selbst sein Blasen zur Freude. An seinen Lippen schien sich das tote Metall zu beleben, mit seinem Hauch und seiner Lebenswärme auch seine Seele in dasselbe überzugehen. Da gelangen ihm Töne und Weisen, über die er selbst erstaunte, ihn anmuteten, fast wie wunderbare, überirdische Klänge. – Aber wenn er dann müde die Trompete aus der Hand legte, dann war der Zauber verschwunden; wie er sich auch zu andern Zeiten mühte und plagte, keiner von jenen süßen Klängen, die ihn in der Stille entzückt, gelang ihm, die Trompete blieb ein totes Blech.

Wie nun? – Wird sie ihm heute gehorchen? Wird es ihm gelingen, mit dem inneren Feuer das kalte Metall zu erwärmen?

Prüfend setzte er das Instrument an die Lippen, – und er hätte aufjauchzen mögen! – War die Trompete wirklich mehr als ein totes Erz? War wirklich etwas von seinem Gemüt, von seiner Seele in sie belebend übergegangen? Oder stand sie sonst in geheimnisvollem Rapport mit seinem Innern? – Schon der erste Ton, der wie von selbst hervorquoll, so weich und doch so kräftig, so voll und so glockenrein, sagte ihm, daß ihm heute *alles* möglich sei, daß er sich selbst übertreffen werde. Sinnige Volksweisen, die er so sehr liebte, durfte er freilich jetzt nicht anstimmen, doch machte ihm das wenig Kummer, waren doch die übermütigen, uralten Kirmesstücke recht wie geschaffen für seinen inneren Jubel. Ohne sich um seine Kameraden zu kümmern, setzte er ein, – fast erschrocken über diese wunderbaren Töne, die ganz unvermutet so glockenhell und goldrein daher perlten, bald wie zuckende Blitze in die Höhe schmetterten, bald wieder weich und mild wie süßer Gesang sich in die Seele schmeichelten; – fast erschrocken fuhren die Kameraden nach ihm herum. Aber sie fanden nicht Zeit zum Staunen und Fragen, die Macht der ihnen völlig neuen Töne überwältigte sie wohl im ersten Augenblick, dann aber regte der hervorsprudelnde, übermütigste Jubel, diese sieghafte Fröhlichkeit verwandte Empfindungen in ihnen an, rauschend fielen sie zur Begleitung ein, rauschend und doch unwillkürlich gedämpft den Gesang der Trompete nicht zu verdecken!

Als er auf dem Plan unter der Dorflinde, lächelnd, als sei das alles nur ein Spiel gewesen, die Trompete absetzte, wer vermöchte den losbrechenden Sturm des Staunens und der Bewunderung zu beschreiben! Alt und jung, Musikanten und Nichtmusikanten, Bekannte und Fremde, – alles drängte um den heimlich lächelnden, vor Glück strahlenden Burschen, der von all dem Lob, all dem Beifall, mit dem er überschüttet wurde, auch nicht das Geringste merkte, – der köstlichste, süßeste Lohn war ihm ja geworden! Ein Blick des Mädchens, dem allein sein Blasen galt, hatte ihn getroffen, nur ein Blick, flüchtig und kurz wie der Blitz, aber so vielsagend, so glückverheißend, – die ganze Welt verschwand ihm vor diesem Blick, in seiner Brust hob sich ein Singen und Klingen wie nie zuvor. Und obgleich ihn noch immer die staunende, preisende Menge umdrängte, er konnte nicht anders, nach einem heißen Blick auf das Mädchen, deren Erglühen ihm die köstliche Gewißheit gab, daß er verstanden, – ließ er seine Trompete abermals erklingen. – Wie wenn die Sonne aus den Wolken auftaucht und die eben noch verdunkelten Fluren im heitersten Lichte lachen, so begannen die Gesichter aufzuleuchten; lauter Jubel mischte sich in die jauchzenden Klänge, und im bunten Gewimmel wirbelten die Tänzer um die Linde. Paul sah nur Eine, so oft ihn ihr Blick streifte, was immer öfter und öfter geschah, ward ihm wunderlich zu Mute, ein seltsames Gemisch von Gefühlen, – zugleich Seligkeit und süßes Wehe, – wogten in ihm hin und her. Kurz brach er ab, kein Bitten, kein Drängen vermochte ihn zu einem dritten Tanze zu bestimmen. Er hatte das Höchste durch sein Blasen erreicht, – der Zauber war verschwunden, seine klingende Freundin wieder zur gewöhnlichen Dorftrompete geworden. Zur Verwunderung seiner Kameraden und Freunde blieb Paul still und nachdenklich, Lob und Bewunderung rührte ihn nicht, – niemand konnte sich seine Sonderbarkeit erklären. Am Abend aber lag das schöne Mädchen in seinen Armen und flüsterte ihm lachend und weinend zu: »Paul, du böser, schlimmer Mensch! Heute hast du mir die Liebe ins Herz geblasen, – nimmer, nimmer kann ich dich vergessen!«

Ja, seiner Trompete dankte er die höchste Seligkeit des Lebens, mit ihr hatte er sich das Glück erblasen! – –

Verstört blickte der Bursche auf und strich sich seufzend über die Stirn! Während er von den seligsten Stunden seines Lebens träumte, flog sie, der all sein Denken und Dichten galt, leichtfüßig wie ein Reh im Arm eines andern dahin, der an seine Stelle getreten.

Welch ein Gegensatz! – Tag und Nacht! Leben und Tod!

Und hatte es so kommen müssen? – Und warum war es so gekommen? – – Ja, seiner Trompete dankte er das süßeste Glück des Lebens; – war sie nicht auch schuld an seinem Unglück?

Freilich von jener Stunde an, da er sich seinen Schatz erblasen, war nicht doch im Grunde sein Herz geteilt? Geteilt zwischen der Liebe zu dem schönen Mädchen und der Liebe zu seiner Trompete? Und war nicht die Liebe zu beiden im gleichen Maße gewachsen, wenn ihm auch seit jener Kirmse nie wieder einer jener wunderbaren Augenblicke gekommen war, da er sich oder andere durch sein Blasen hätte erquicken und erfreuen können? Und diese Liebe zu seinem Instrument, war sie es nicht, die ihn in Zwiespalt mit Evebärble und ihren Eltern gebracht? War es nicht die Anhänglichkeit an sein Instrument, die ihn heute auf dies Orchester geführt, von dem aus er jetzt mit ansehen mußte, wie sein geliebtes Mädchen einem andern sich willig zu eigen gab? – Und war denn wirklich die Trompete eines solchen Opfers wert? War es nicht törichter Frevelmut, um eines toten Stück Metalles willen die Liebe eines treuen Herzens aufs Spiel zu setzen? – Paul strich sich die Stirn und blickte finster auf die funkelnde Trompete in seiner Hand.

Aber, begann eine andere Stimme zu ihm zu sprechen, und Paul fühlte, wie dabei wieder der alte Zorn über ihn kam, aber war es den Simesleuten erlaubt, so heftig, so drängend, so unnachsichtlich zu fordern, daß er seine beste Freundin, seine Trompete, nun plötzlich und für immer beiseite lege? – Hatte nicht zum mindesten Evebärble alle Ursache, ein Instrument zu lieben, das sie einst so sehr bewegt, so beglückt, das ihr die Liebe ins Herz gesungen hatte? – Fast wäre Paul aufgesprungen! – Endlich, endlich ward es Licht in ihm! Endlich hatte er den Schlüssel zu all den peinigenden Rätseln gefunden! Jetzt auf einmal wußte er, warum man in Dammsbrück so trotzig die Beseitigung der Trompete verlangte. – Vergessen war jene Stunde, da er durch sein Blasen jung und alt das Herz gerührt, vergessen war, wie er durch seine Trompete um die Liebe des Mädchens geworben! – Vergessen, – vergessen! – Und das, ja das hatte bis heute wie ein dunkler Punkt in seiner Seele gelegen, die Ahnung, daß ihm und seiner Trompete ein schweres Unrecht geschehe, eine bittere Kränkung angetan werde durch die Forderung des Mädchens und ihrer Eltern, – das war der Grund seines Trotzes! Darum, darum hatte er nicht nachgeben können!

Schülzle strich liebkosend leise mit der Hand über die funkelnde Trompete; jetzt verfolgte er mit heißen, zornigen Blicken das Mädchen! – Da flog sie hin, kein Blick streifte ihn! Ja, – freilich, er war vergessen, er und seine Trompete, vergessen all die glückseligen Stunden, die sie seinem Blasen zu verdanken hatte, vergessen jene Kirmse, die sie, wie sie oft gestanden, erst zum Leben erweckte! – – Vergessen, – vergessen! – War sein Trotz nicht gerechtfertigt? – – Da flog sie hin, im Arm ihres neuen Schatzes, – zufrieden, lächelnd, glücklich, – und er saß einsam auf dem Orchester, härmte und quälte sich, fand kein Ende seines Elends! – Da flog sie hin, recht als könne sie ihm ihr neues Glück nicht schneidend genug vor Augen stellen! – – Und sollte er sich das so ruhig gefallen lassen? Gab es kein Mittel, das leichtsinnige, wetterwendische Ding zu strafen, auch in ihrem Herzen das höllische Feuer anzufachen, das ihn verzehrte? – – –

Eine Bewegung machte die Trompete leise klirren, – Schülzle fuhr sich über die Augen. Wie, – wenn sich heute noch einmal das Instrument belebte? Wenn es ihm heute noch einmal gelänge, jene wunderbaren Klänge hervorzulocken, die einst das Herz der Untreuen gerührt? – Seine bleichen Wangen röteten sich, ein tiefer Atemzug hob die Brust, während er prüfend bald die Trompete, bald das Mädchen betrachtete. – Dort stand sie im Kreise der Rottensteiner; willig, ach, allzu willig überließ sie dem Hofmartin ihre Hand, – und wahrlich, sie duldete, daß er seinen Arm um ihre Hüfte legte, sie lehnte sich an ihn, – ja, jetzt blickte sie auch leise lächelnd zu ihm auf! – – –

Plötzlich fuhr sie zusammen, auch der Hofmartin drehte sich überrascht um, – alle Blicke richteten sich auf das Orchester, ein unbeschreiblich wundersam fremdartiger, gewaltiger und doch tief ins Herz dringender Ton füllte den Saal. Die Musikanten selbst gerieten in Bewegung, der Wasserfuchs stieß wieder an die Decke, daß sie krachte, der Zimmerdick, dem das Wasser in die Augen kam, flüsterte: »Teufelsjunge, wer hat dich gelehrt, mit einem einzigen Ton einem alten Kerl das Herz im Leib umzukehren?« – Der Hanshenner aber zappelte mit Armen und Beinen und schrie: »Der Baß ist ein Hauptinstrument, ohne den ist die ganze Musik futsch! Niemand leugnet's, – und nun gar erst einer wie mein Baß! Aber, so wahr ich der Hanshenner bin, zehn solcher Bässe gäbe ich drum, könnt ich jemals einen einzigen solchen Ton fertig zu kriegen! Donnerwetter, das prickelt nicht in den Ohren, fährt einem nicht zu den Fußspitzen 'naus und geht doch durch und durch,« – und der Eckenpeter endlich fuhr nach der Mütze, ließ sie blitzschnell um seinen Kopf kreisen, betrachtete Paul aus den Augenwinkeln und sagte: »Nur nicht grrrrrrrand getan!«

Paul war wieder bleich geworden, nur seine Augen glühten und leuchteten. Ohne einen Blick von dem Evebärble zu verwenden., ohne das Staunen der Musikanten im geringsten zu beachten, atmete er tief aus, dann gab er den Kameraden ein Zeichen und setzte das Instrument wieder an die Lippen.

»Die Welt dreht sich, – ja, ich glaub's jetzt selber! – So was hab ich all mein Tag nicht erlebt, in meinem Kopf geht alles durcheinander! Erst sitzt der Bursch da wie ein Stock, als könne er nicht drei zählen, – und nun bläst er auf einmal wie ein Posaunenengel! Da werde einer klug, was denn nun eigentlich vorliegt,« konnte der Wasserfuchs eben noch dem Schneidersnikel zuflüstern, dann begann der Schülzle zu blasen.

Und wie blies er! – Es war eine ururalte Kirmesweise, die er anstimmte, so toll, so ausgelassen lustig, wie es eben nur eine Kirmesweise sein kann. Schon der erste Takt elektrisierte die Musikanten, Hansaden probierte auf seiner Posaune ein Kunststückchen, der Eckenpeter blies während eines ganzen Teiles, ohne ein einziges Mal Atem zu schöpfen, »Flatterzunge« auf seiner Trompete, und Hanshenner fiedelte drauf los, als gälte es, in einer Stunde gleich ein Klafter Holz klein zu sägen. Nicht minder durchschlagend war die Wirkung auf die Zuhörer und Tänzer drunten im Saal. Wie auf Kommando brach ein allgemeines, stürmisches Jauchzen aus, die ganze Versammlung kam plötzlich in drehende, hüpfende Bewegung.

Und doch, trotz der übermütigen, lustigen Weise, die wie Schaumwein erregend durch alle Nerven prickelte, war der Gesang der Trompete eigentlich nichts weniger als lustig. Das Blasen klang ja doch nicht anders, als ein herzzerreißender Schmerzensschrei, wie eine wilde Klage eines Verzweifelten, der sich im größten Jammer noch selbst verspottet und verhöhnt. Der Zimmerdick schüttelte zuerst den Kopf, bald meinte der Wasserfuchs, dem der Schweiß in großen Tropfen auf der Stirn stand: »das ist ja die reine Satansmusik, eiskalt überläuft's einem dabei!« Selbst auf die Tänzer blieb dieser Widerspruch nicht ohne Eindruck, das Jauchzen verstummte, da und dort trat ein Paar aus den Reihen und blickte nach dem bleichen Burschen, dessen funkelnder Trompete immer gewaltigere, aufregendere Töne und Weisen entquollen.

Für alle war diese Musik ein geheimnisvolles, fast unheimliches Rätsel, nur ein Mädchen verstand dieses Lied! – Schon nach den ersten Takten ward sie bleich und begann zu zittern; eine unwiderstehliche Gewalt zwang sie, nach dem Orchester zu blicken; der Blitz, der ihr aus Pauls Augen entgegenleuchtete, brachte sie vollends in Verwirrung. Wie um sich selbst zu überwinden, zu bezwingen, zog sie Martin in den Reihen. Vergeblich! Die Trompete dort oben hörte nicht auf zu klingen, immer wilder, schneidender wurden die Weisen, die ihr entströmten. Bald perlten die Töne daher wie helle Tränen, bald verhauchten sie wie schmerzliche Seufzer; dann wieder klangen sie wie Angst- und Weherufe, oder sie schmetterten wie zürnende, vorwurfsvolle Klagen in ihre Seele! – Und als sie nun gar mit dem Burschen im Tanze sich drehte, der ihr so nahe stehen sollte und ihrem Herzen so fremd war, als sie dahinflog und droben vom Orchester dieselbe Weise ihre Seele umflutete, die einstens die Liebe in ihrem Gemüt zum Erglühen gebracht, – da brach ihr das Herz. Ein Tränenstrom entstürzte ihren Augen; bleich, zitternd wankte sie aus den Reihen, in der Ecke knickte sie schluchzend zusammen, – im gleichen Moment brach die Musik mit schrillem Mißklang ab.

*

»Laßt mich, ich muß hinunter! Ihr haltet mich nicht, – ihr nicht und die ganze Welt nicht!«

»Daß dich der Geier! Ist denn heut auch der Teufel los? Solchen Tanz hab ich noch nicht erlebt, und ich hab doch schon manches erfahren,« meinte der Wasserfuchs ganz aufgeregt. »Was? Bist du rein toll? Willst du dich drunten halbtot schlagen lassen? Siehst du dem Martin und seinen Kameraden nicht an, was gegen dich vorliegt?«

»Was kümmert mich das? Und wenn Himmel und Erde darüber zugrunde ging, ich muß, – muß hinunter!«

»Wozu?« fragte der Zimmerdick bekümmert und hielt ihn gewaltsam zurück. »Was willst du? Neue Verwirrung, neues Unheil anrichten? – Paule, nimm Vernunft an! Bedenk, du kommst doch zu spät, für dich ist hier das Spiel verloren!«

»Und wenn es verloren ist, und wenn ich hundertmal zu spät komme, – ich muß hinunter,« schrie Paul außer sich und suchte sich loszureißen. »Laßt mich los, gebt Raum, – oder, bei Gott, ich springe über das Geländer!«

»So laßt ihn, – wer kann einen Tollen halten?« sagte der Zimmerdick beschwichtigend, als nun auch der Eckenpeter und Hanshenner auf Schülzle einstürmen wollten.

»Haben wir jemals etwas über ihn vermocht? Ist er nicht immer noch seine eigenen Wege gegangen? Laßt ihn nur! Weiß nicht, sein Blasen hat mich selber ganz weich gemacht, mir ist, als verständ ich jetzt erst, was er damit wollte. Und nun das Evebärble drunten sitzt und weint, – seinetwegen weint, – sollen wir ihn mit Gewalt zurückhalten?«

Die Musikanten machten bedenkliche Gesichter, nickten sich aber doch leise zu; der Schülzle blickte schweigend sekundenlang auf den Dicken, dann gab er ihm die Hand mit den heftig herausgestoßenen Worten: »Dicker, Ihr meint's wahrlich gut mit mir, und die andern alle! Hab Euch schlecht gedankt! – Aber verlaßt mich nur heute nicht, Ihr sollt nie wieder Ursache haben, über mich zu klagen. – Verlaßt mich heute nicht, steht mir bei, wenn die Rottensteiner mich hindern wollen!«

»So, weiter nichts?« sagte der Alte, halb gerührt, halb ärgerlich. »Sollen wir deiner Torheit willen auch noch Prügel besehen?.– Nu, nu, 's ist schon gut! Geh nur hin jetzt, – ich meine, du solltest wissen, daß du dich auf uns verlassen kannst!« – – – –

In der Ecke saß das arme Mädchen noch immer fassungslos, unvermögend, das krampfhafte Schluchzen, das sie schmerzhaft durchzuckte, zu stillen. Vollkommen ratlos umstanden sie die Rottensteiner Bursche, die weder die Ursache, noch die Art ihres Zustandes begriffen, verblüfft bald sich untereinander, bald Martin, bald die verschiedenen Mittel, mit denen sie dem Mädchen zu Hilfe gekommen waren, – Wasser, Essig, stärkende, wohlriechende, stinkende (Salmiakgeist) und andere Tropfen, die alle ohne Ausnahme zurückgewiesen wurden, – betrachteten und nicht Worte fanden, ihre Betrübnis, ihr Mitleid so recht kräftig auszudrücken. Auffällig stach gegen diese Aufregung und Hast seiner Umgebung die wahrhaft steinerne Ruhe Martins ab. Ohne ein Wort zu sprechen, ohne nur eine Hand zu irgend einer Hilfeleistung zu rühren, stand er, die Arme auf der Brust gekreuzt, regungslos vor dem Mädchen, das er mit finstern Blicken betrachtete. Aber diese erzwungene Ruhe verdeckte schlecht den Sturm, der in ihm wütete. Vielleicht waren es auch gerade die zuckenden Zornfalten auf der sonst so freien und klaren Stirn, die unheimlich aus dem bleichen Gesicht unter den zusammengezogenen Brauen hervorblitzenden Augen, die das arme Kind in immer neue, größere Schrecken stürzten. »Martin,« flüsterte sie, und die bebenden Laute, die nur widerstrebend ihren Lippen entquollen, kündeten die Angst ihrer Seele, »Martin, – sieh mich nicht so an, stehe nicht so stumm und starr! – Mein Gott, ich vergehe! – Rede, – rede! – Nicht so, – nicht so! – Laß das Lippennagen! – O mein Gott, – sprich nur ein einzigs, – einzigs Wort!«

»Wozu ich?« entgegnete der Jüngling, fast ohne die Lippen zu öffnen. »Soll ich kund tun, was dir fehlt, was in dir vorgeht?«

»Und wenn du es weißt, – – o, sieh mich nicht so an,« weinte sie und haschte vergebens nach einer Hand von ihm. »Und wenn du es weißt, gibt dir das ein Recht, mich ungehört zu verdammen? – Kann ich vor all den Ohren da frei heraussagen, was mich bewegt?«

»Ihr hört's, – sie will allein mit mir sein,« wendete sich Martin finster an seine Gesellen. »Zurück; sorgt, daß kein Lauscher nahe kommt.« Als sich die Bursche eilig entfernt, fragte er, noch immer, ohne seine Stellung zu ändern. »schnell jetzt, was hast du mir zu sagen?«

Evebärble rang die Hände und blickte noch einmal flehend zu Martin auf. Als dieser jedoch nicht darauf zu achten schien, eine Bewegung der Ungeduld machte, trocknete das Mädchen die Augen, stand nun ebenfalls auf, strich die Schürze glatt und begann leise: »Habe wenig zu sagen; es ist nur, daß du mich nicht für falsch und flatterig ansiehst. Vorhin war ich so bös auf den Schülzle, so bös, – ich meinte, mit der Lieb zu ihm wär's aus, nimmermehr könnte ich ihm wieder gut werden. Da kamst du! – Ich war ehrlich gegen dich in allen Stücken, – du weißt auch, ich wollte nicht auf den Tanzboden; ich meinte, – und das meine ich noch, – es paßte sich nicht; dann aber hatte ich eine geheime Sorge, es könnte etwas geschehen, was besser ungeschehen bliebe. Du und die Eltern nötigten mich mit Gewalt, ich konnte nicht widerstehen. Ernstlich hatte ich mir vorgenommen, Paul nicht anzusehen, ich hab's gehalten, – bis, – nun bis er zu blasen begann. Sieh, das war es, was ich gefürchtet hatte. Schon einmal hat er mir mit seinem Blasen das Herz eingenommen; wie er heute wieder die alte Weise begann, da war auf einmal aller Zorn und Unmut verschwunden; ich wußte jetzt: nie und nimmer kann ich den Schülzle vergessen, dem allein gehöre ich an, jetzt und für alle Ewigkeit!«

Sie schwieg, heftig atmend spielte sie mit ihren Schürzenbändern. Martin rührte sich nicht, nur seine Lippen und Augenbrauen zuckten stärker. »Und was soll nun werden?« fragte er kalt.

Evebärble hob den Kopf, ihre Augen blitzten, sie wich den finstern Blicken des Burschen nicht mehr aus. »Das weiß ich nicht,« sagte sie lebhaft. »Vorläufig kümmere ich mich nicht darum. Ich gehöre ihm an, ihm allein, das steht fest, – daran wenigstens kann die Welt nichts ändern. Freilich, – – wenn, – wenn du wolltest, ein Wort für uns – – –«

Ein bitteres Lachen des Burschen unterbrach sie. »So weit sind wir noch nicht. – Ich versteh nicht, wie du für einen Kerl wie den Schülzle noch einen Atem verschwenden kannst! – Doch, gleichviel, das geht mich nichts an. – Auch ich habe Rechte an dich, größere, als der Schülzle jemals hatte. Ich hoffe, du wirst mich nicht beschimpfen wollen, wirst mich nicht zum Spott und Gelächter machen. Womit hätte ich das auch um dich verdient? – Du bist aufrichtig, ich danke dir's und achte dich darum nur noch mehr. Will's auch glauben, daß das wunderliche Blasen und der Anblick des Burschen dir das Herz bewegte, – seh's ein, wir wären besser ganz vom Tanzplatz geblieben! – Aber, was dir jetzt das Herz bewegt, das ist eine Wallung des Blutes, die vorübergeht, sonst nichts. Du kannst ja dem Burschen gar nicht verzeihen, wie er dir mitgespielt. – Komm, das ist abgetan. Wir wollen heim, wenn du meinst, dort wirst du eher ruhig. – – Morgen hast du die ganze Geschichte vergessen.«

»Nein, Martin! – Es kommt mir hart an, daß ich dir weh tun muß, aber es geht nicht anders. Unsere Wege gehen auseinander; je eher wir uns scheiden, desto besser!«

»So könntest du im Ernst daran denken, mich zu beschimpfen, vor aller Welt ehrlos zu machen?« schrie der Bursche, durch dessen Glieder ein Zittern ging. »Mädle, Mädle, nimm dich in acht, bedenk, was du tust!«

»Hast du auch bedacht, was du tatst, als du mich zum Tanz fordertest?« fragte das Mädchen, die im gleichen Maße ruhiger wurde, als der Bursche seine Beherrschung verlor. »Schweres Unrecht liegt auf mir, ich leugne das nicht, – ich büße auch dafür. Aber alle Schuld trage ich nicht allein. War es auch recht von dir, meinen Zorn auf den Schülzle zu deinem Vorteil auszunützen? War es recht, daß du mit den Eltern auf mich losstürmtest, als ich im Jammer und ärgsten Wirrsal keines Gedankens fähig war?«

Schon bei den ersten Worten war der Bursche erschrocken zurückgefahren, jetzt haschte er nach ihrer Hand und sagte ängstlich: »Evebärble, – nimm das zurück, ich bitt dich!« –

»Das Gespött der Leute ist geringe Strafe, die wir eben geduldig hinnehmen müssen, wir sollten Gott danken, daß nicht größeres Unheil aus unserer Torheit erwuchs,« sagte das Mädchen, indem sie vor Martin zurückwich. »Laß mich, Martin! Wahrhaftig, von Herzen ist mir's leid, daß du in das Gerede der Leute kommst, aber mir geht's nicht besser, – und sonst, – o mein Gott, – was steht mir noch sonst bevor!«

Martin nagte an den Lippen. Plötzlich fuhr er zusammen, er sah Schülzle das Orchester verlassen. »Evebärble,« sagte er, und seine bleichen Lippen bebten, während er nun doch die Hände des Mädchens festhielt, »ich kann nicht glauben, daß das dein völliger Ernst ist, ich kann nicht, wenigstens jetzt nicht. Du bist jetzt in Wallung, du wirst wieder anders denken, bist du erst ruhiger, – laß mir wenigstens heute den Glauben. Mein Gott, soll all mein Hoffen vergeblich gewesen sein? Sollte ich wirklich ein Unrecht – – – – Sieh, wahrhaftig, er hält gerade auf dich zu, das ist doch stark! – Himmel und Hölle! Evebärble, – wirst du mir's antun? Wirst du dich vor allen Leuten – –«

»Still, still,« flüsterte das Mädchen, die zu zittern begann. »Ich gehöre sein in alle Ewigkeit, das weißt du, nicht er, – noch sind wir nicht ausgesöhnt, und der Tanzboden ist kein Platz dazu. Heute hast du über mich zu verfügen, du allein, – aber sei gut, Martin, verhüte Lärm!«

Martin entgegnete nichts, finster starrte er vor sich nieder und nagte an den Lippen. Von den scheltenden, lärmenden Kameraden Martins, die ihn nicht aufhalten konnten, begleitet, drängte sich Schülzle herbei. Mit Gewalt riß er eine Hand des Mädchens an sich und flüsterte: »Evebärble!« Aber das Mädchen hatte sich abgekehrt, weder ein Blick noch ein Wort ward ihm zuteil. Martin stand neben ihr, in seinem Gesicht arbeitete es, seine Finger zuckten. Plötzlich, – wie um sich selbst zu einer Entscheidung zu drängen, legte er seine Hand auf Pauls Schulter und sagte. »Mach keinen Aufstand, Bursch! Eigentlich stände mir wohl zu, dich vor die Türe zu werfen, denn das Evebärble ist heute meine Tänzerin. Aber,« – Martin konnte das Beben seiner Stimme nicht verbergen, – »aber ich bin nun einmal kein Freund von Skandal, – und kurz und gut, wir wollen uns vergleichen. Wir wollen wechseln: drei Reihen ich, drei Reihen tanzest du mit dem Evebärble. – Bist's zufrieden? – Kannst auch den Anfang machen meinetwegen! Aber das merke dir, Bursch, denke nicht daran, das Evebärble heimzugeleiten, verstanden? – Das ist mein Recht, das laß ich mir nicht nehmen; Gott sei dir gnädig, kommst du mir da in die Quere!«

Ein Wink mit den Augen bedeutete seinen verblüfften Kameraden, das Paar nicht aus den Augen zu lassen. »Schülzle, ein Trompeter magst du sein, ein Mann bist du nicht,« sagte er wegwerfend, dann schritt er hoch aufgerichtet durch die staunenden Dammsbrücker nach der entgegengesetzten Seite des Tanzbodens. Nur sein Vertrauter, der Rottensteiner Schmiedspitter, folgte ihm. »Was machst du? – Was soll das heißen?« fragte er staunend und zornig.

Martin blickte eine Weile zu Boden, dann hob er den Kopf und sah Pitter voll in die Augen. »Sie macht mir zum Vorwurf, ich hätte ihren Zorn für mich benützt. Das wurmt mich, es liegt Wahrheit drin!«

»Weiter nichts? – Und willst du sie aufgeben?«

»Nein! – Laß mich, ich muß erst mit mir selber einig werden!«

»Gut! – Haha! – Und während dem schwätzt ihr der Schülzle den Kopf vollends toll!«

»Vielleicht! – Es war große Torheit, sie heute auf den Tanzboden zu zwingen, das seh ich jetzt. Nun ist das Unglück geschehen, das Blasen hat ihren Zorn in Mitleid umgeschmolzen, – soll ich nun hart sein, sie jetzt mit Gewalt von ihm fernhalten und so die wieder aufwachende Liebe selber zu lichter Flamme anblasen? – Nein! – Ich brauche den Vergleich mit dem Musikant nicht zu scheuen, – mag sie mit ihm tanzen! Sie soll sehen, daß ich ein ganz anderer Mann bin, als der Tropf, der nicht weiß, was er will. Ist sie zur Vernunft zu bringen, ist's allein dadurch, – zum Ernst ist immer noch Zeit, wenn mir überhaupt zusteht, Ernst zu gebrauchen! – – Halte ein Aug auf die beiden, aber quäle sie nicht, – nur wenn sie vielleicht durchwischen wollen, machst du Lärm. Laß mich allein!«

Schülzle blickte dem Hofmartin lange nach, ein tiefes Rot färbte momentan seine bleichen Wangen. Endlich näherte er sich dem Mädchen, das sich mit Gewalt zur Ruhe zwang, denn das Dammsbrücker Jungvolk ward aufmerksam. Ehe er sie anreden konnte, zog sie ihn in den Reihen, erst als sie sich zwischen den übrigen Paaren drehten, flüsterte sie ihm zu: »Sei still, rede kein Wort, – verstanden? Kein Wort! Was wir uns zu sagen haben, paßt nicht hierher. Nimm dich zusammen, mach kein Aufsehen. Richte es ein, daß du mich heimgeleitest; es mag unrecht gegen den ehrlichen, braven Martin sein, aber ich kann nicht anders, ich muß heute noch mit dir reden. Still jetzt, – kein Wort mehr!«

Die Verwunderung, das Staunen der Musikanten wie der Dammsbrücker nahm heute kein Ende. So etwas war ganz und gar unerhört, unbegreiflich: zwei Nebenbuhler, die, statt sich braun und blau zu schlagen, sich gutwillig und gewissenhaft in den Besitz des Mädchens teilten; ein Mädchen, die, scheinbar völlig gleichgültig und teilnahmlos, dem einen wie dem andern ihrer Bewerber in den Reihen folgte, kalt und abstoßend gegen jeden. Was ging da vor? Wer war Meister des Spiels? Worauf war es abgesehen? – Diese Fragen machten jung und alt viel zu schaffen; manche fanden zuletzt die Sache komisch und versuchten, sie ins Lächerliche zu ziehen. Die drohenden Fäuste der Bergheimer Musikanten wie die der Rottensteiner Bursche belehrten sie jedoch bald, daß Witz hier ganz am unrechten Platz sei. So suchte man sich denn in Geduld zu fassen, ein Ende konnte ja nicht ausbleiben, – doch ward besonders den weiblichen Zuschauerinnen die Zeit nicht wenig lang.

Unterdessen hatte sich die Temperatur im Tanzraum vollständig verändert. Längst waren die Eiskristalle an Decke, Wänden und Fenstern verschwunden, eine drückend schwüle, mit Wasserdämpfen gefüllte Luft erschwerte das Atmen und verdüsterte die ohnedies trübseligen Flämmchen der Talglichter noch mehr. Die wenigen geöffneten Fensterflügel umhüllten dichte Wolken, aus welchen dann und wann, wenn die geöffnete Tür Zug erregte, ein dichtes Schneegestöber auf die Köpfe der an den Fenstern Stehenden niederwehte. Nicht bloß die Bursche hatten längst Mützen und Jacken abgelegt, auch die Musikanten machten es sich so bequem als nur möglich, – in dem engen Orchester herrschte eine fast unerträgliche Glut. »Schwenselens, ist das 'ne Hitz,« murrte der Wasserfuchs, indem er sich die Stirn trocknete. »Man zerfließt rein, – das Wachs an meinem Hornbogen ist schon lang auf und davon!«

»Das ist was Recht's,« knurrte der Bergkasper. »An meinen Klappen wird das Siegellack weich und läßt das Leder fohjen!«

»Ja, es ist nimmer zum aushalten,« meinte auch der Zimmerdick verdrießlich. »Ich denke, wir machen bald Feierabend, – es wird ohnedies fast nichts mehr aufgelegt (bezahlt). – Nun, und wie steht's eigentlich mit dir und deinem Handel, Paule? – Wo will's hinaus? – Was soll's werden?«

Schülzle, der auf dem Orchester die drei Tänze verbrachte, die dem Hofmartin zukamen, fuhr aus seinem Brüten und Träumen, strich sich die Haare aus der Stirn und seufzte: »Weiß ich's? – Und doch, was red ich? Das Evebärble verlangt, daß ich sie heimgeleite – – –.«

»Wirklich? – Mensch, du hast mehr Glück als Verstand,« rief der Zimmerdick. »Ja, – aber das ist ein gefährlich Spiel, – nimm dich in acht! Der Hofmartin ist ein Bursch, der seinesgleichen sucht an Bravheit und Tüchtigkeit, – drum eben ist es doppelt gefährlich, ihn zu reizen. Wie er heute gegen dich sich zeigte, so was ist noch gar nicht dagewesen, – du selber wärst gewiß ganz anders aufgetreten. Nun aber rat ich: laß dir mit dem Tanzen genügen und gib das Heimführen auf; ich hab's aus Martins eignem Mund gehört, wie er dem Schmiedspitter einschärfte, darauf zu achten, daß ihr nicht etwa durchwischtet!«

»Weiß ich alles,« seufzte der Schülzle, dem es sichtlich sehr unbehaglich zu Mute war. »Was aber hilft mir's? Das Evebärble besteht darauf, daß ich mit ihr heimgehe; – was müßte sie denken, wollt ich mich davondrücken?«

»So versuch's,« lachte der Schneidersnikel. »Was jammerst du uns die Ohren voll?«

»Weil ihr mir helfen müßt,« platzte der Schülzle heraus. »Ja, ja, macht keine Einwendungen, ihr *müßt* mir helfen! Wie soll ich allein gegen die Rottensteiner aufkommen?«

»'s wird immer besser,« murrte der Zimmerdick. »Und was sollen wir tun? Wie hast du dir's ausgedacht?«

»Was ist da viel zu überlegen? – Ihr müßt sehen, daß ihr nach dem Feierabend die ganze Gesellschaft in die Stube lockt und dort festhaltet, bis wir, – ich und das Evebärble, – Gelegenheit gefunden haben, zu entwischen!«

»Ist leicht gesagt,« knurrte der Wasserfuchs. »Aber wie soll man das fertig bringen, wenn keine Ursache vorliegt?«

»O du Hanspeter,« lachte der Schneider. »Wär's denn der erste Streich, den wir einfädelten? – Ich meine, da hätten wir schon ganz andere Geschichten fertig gebracht! – Verlaß dich darauf, Schülzle, dir wird geholfen!«

»Aber der Martin will vor die Türe einen Posten stellen,« meinte Schülzle kleinlaut.

»Wirklich? – Nun, dumm ist der Martin nicht,« entgegnete der Schneider. »Auch der wird in Sicherheit gebracht, verlaß dich ganz auf mich! – Geh jetzt, tanze deine drei Reihen ab, hernach ist Feierabend; drüben in der Stube halte die Augen offen, du mußt jeden Augenblick auf dem Sprung stehen, durchzugehen!«

»Aber ich seh nicht ein, was das Heimführen nützen soll! – Das einzige, was dabei herauskommen kann, ist eine Hauptschlägerei,« eiferte der Zimmerdick. »Was hilft es, wenn du dich auch mit dem Mädle einigst? – Der Simesbauer nimmt dich nun und nimmermehr an!«

»Das wird sich finden,« beschwichtigte Hanshenner. »Geh du nur, Schülzle, und halte dich bereit, du sollst dein Evebärble heimführen, und sollten wir's deswegen mit dem Teufel aufnehmen. – Geh jetzt, daß die Rottensteiner nicht aufmerksam werden.«

Und Schülzle ging; er tanzte seine gesetzlichen drei Reihen ab und flüsterte dem Mädchen zu: »Halte dich bereit, setze dich drüben in der Wirtsstube neben die Kammertüre, behalte mich immer im Auge, daß du auf den ersten Wink verschwinden kannst!«

Martin lächelte verächtlich, als die Musikanten Feierabend machten, da er eben noch einmal zum Tanz antreten wollte. Am liebsten hätte er sofort Saal und Wirtshaus mit seinem Mädchen verlassen, doch ging das nicht an, das erhitzte, glühende Evebärble mußte sich der grimmigen Kälte wegen notwendig erst abkühlen. Verdrossen willigte er ein, mit dem übrigen Jungvolk den Musikanten in die Wirtsstube zu folgen. Einmal war ihm das überlustige Treiben, das gewöhnlich den Tänzen zu folgen pflegte, zuwider, dann aber fürchtete er die Anschläge seines Gegners, die, wenn er ihm auch nicht besondere Schlauheit zutraute, ihm in dem Gedränge, bei dem Rückhalt, den Schülzle offenbar bei den Musikanten und Dammsbrückern, ja bei dem Mädchen selbst fand, immerhin gefährlich werden konnten. Er beschloß darum, dem Evebärble nicht von der Seite zu weichen, seinen Kameraden befahl er Achtsamkeit an, um aber ganz sicher zu gehen, stellte er den Schmiedspitter, den ein reichliches Trinkgeld willig machte, als Wachtposten vor die Haustür.

Besonders letztere Vorsichtsmaßregel gab ihm seinen Gleichmut, seine Ruhe vollständig zurück. Im Vertrauen auf die Wachsamkeit seines Freundes verschmähte er sogar, sich dem Mädchen, das ihm offenbar ausweichen wollte, aufzudrängen. Er war schon zufrieden, daß sie auch den Schülzle abwies und fern von der Stubentür im Schatten des Ofens sich in eine Ecke drückte. Seine Freunde machten sich Pitters Wachsamkeit ebenfalls zunutze, schäkerten mit den Mädchen, die sie mit »Muskatenwei« und »süßem Schnaps« regalierten, und als sie erst Martin vollkommen ruhig in eifrigster Unterhaltung mit den Musikanten sahen, kümmerten sie sich auch nicht weiter um das Evebärble.

Martin war ein lebhafter, aufgeweckter Bursche, von der Natur mit einer reichen Gabe von Witz und Laune ausgestattet, – dem lustigen Schneidersnikel ward es darum nicht schwer, den munteren Burschen in eine äußerst lebendige Unterhaltung zu verflechten. Im Anfang blickte Martin freilich unaufhörlich mißtrauisch um sich, allein Evebärle saß regungslos in ihrer Ecke, und der Schülzle hatte an dem Tisch, den seine Freunde mit ihren Mädchen einnahmen, den Kopf auf die Arme gelegt und schien zu schlafen. Darüber konnte sich Martin eines leisen Lächelns nicht erwehren, seine Befürchtungen schwanden fast gänzlich, – vor der Tür wachte Pitter, und Schülzle hatte sich aus eigenem Antrieb so postiert, daß auch nicht die geringste seiner Bewegungen den Rottensteinern entgehen konnte. Martin lächelte; nun erst gab er sich so recht mit Behagen der anregenden Unterhaltung mit dem Schneidersnikel hin, dessen Geschichten und Schnurren gar kein Ende nehmen wollten. Evebärle saß noch immer regungslos, sie mochte wohl eingeschlafen sein. Martin fühlte sich vollkommen sicher, ließ die Musikanten wacker einschenken, kam allmählich auch ins Erzählen und blickte kaum auf, als das Jungvolk plötzlich in Bewegung geriet, lachend und lärmend einige Male durch das Zimmer schwärmte. Auch als die Ruhe wieder hergestellt ward, saß Evebärle noch in der nämlichen Stellung im Schatten des Ofens, aber, – Martin fuhr ein Stich durchs Herz, – Schülzle war von seinem Platz verschwunden. Er wollte aufspringen, doch bezwang er sich; seine Kameraden saßen vergnügt bei ihren Mädchen, gewiß hatten sie ihn im Auge, – also wozu Aufsehen erregen? Ruhig ward er doch nicht; plötzlich fiel ihm auf, daß das Evebärble doch gar so tief im Schatten saß, wer es nicht wußte, daß sie es war, hätte sie gewiß nicht erkannt. Eine merkwürdige Unruhe begann Martin zu peinigen, – und gerade jetzt verwickelte sich der Schneider in eine Geschichte, die gar kein Ende nehmen wollte. Zuletzt konnte sich Martin nicht länger bezwingen, er sprang auf, wie zufällig schritt er ganz in der Nähe des Ofens vorbei, – ein jäher Schreck raubte ihm für den Moment fast die Besinnung und Bewegung, – das Mädchen, das sich da in die Ecke drückte, das war ja nicht das Evebärbchen!

Obgleich eine ruhige, klare, merkwürdig gefestete Natur, drohte dennoch für einen Augenblick Zorn und Enttäuschung in Martin die Besonnenheit zu überwinden. Aber auch nur einen Augenblick. Wie um sich selbst festzuhalten, preßte er die Fäuste zusammen, biß er die Zähne knirschend aufeinander; daß ihm das Paar entwischt, darüber war er keine Minute im Zweifel, – nur darüber, wie ihnen das möglich geworden, zerbrach er sich umsonst den Kopf. Gewaltsam hielt er den aufkochenden Grimm nieder; was nützte es, ihn den Leuten zu zeigen? Betrogen war er einmal, jetzt galt es, den Unfall mit heiterer Miene tragen – und den Burschen, der ihm so frech ins Gehege kam, seine Gefälligkeit so schlecht dankte, zu strafen. Ob Evebärble für ihn verloren sei, mußte sich noch heute entscheiden.

Der Schrecken seiner Gefährten, als er nach Schülzle und Evebärble frug, verriet zu deutlich ihre Unachtsamkeit, als daß er sich noch über das Gelingen der Flucht hätte wundern dürfen. Aber warum war auch der Schmiedspitter seinem Versprechen untreu geworden? – Martin machte sich freilich Vorwürfe, daß er ihn so lange ohne Ablösung gelassen; aber wenn ihm der Wachtdienst lästig wurde, warum hatte er das nicht gesagt, statt heimlich seinen Posten zu verlassen? Oder sollte ihm auch hier sein Gegner einen Streich gespielt haben? – Kaum denkbar, denn Pitter war schlau, und ein Bursch wie ein Riese. – Mochte dem nun sein, wie ihm wollte, Gewißheit mußte er haben. Einen seiner Vertrauten schickte er vor die Türe, nach Pitter zu suchen; so scheinbar absichtslos dies ins Werk gesetzt wurde, erregte es doch allgemeine Aufmerksamkeit. – Martin war sich sofort vollkommen bewußt, daß sämtliche

Dammsbrücker wie auch die Musikanten gegen ihn arbeiteten, und nur durch deren Beihilfe die Flucht möglich geworden war. – Um so vorsichtiger mußte er sich halten, um sich nicht noch mehr zum Spott und Gelächter zu machen.

Der Bote kehrte zurück und meldete, Pitter sei verschwunden, nirgends eine Spur von ihm zu finden. Auf einen Wink rüsteten sich die Rottensteiner zum Aufbruch; Martin bezahlte seine Zeche, nahm anscheinend gut gelaunt Abschied von den Musikanten, die ihn vergebens zu halten versuchten. An der Türe machten die Dammsbrücker Bursche und Mädchen ein Gedränge, mit Scherz und Lachen verweigerten sie den Rottensteinern den Ausgang. Martin, der die Absicht sofort durchschaute, hielt auch jetzt an sich, einige Sekunden schaute er dem anscheinend harmlosen Spiel lächelnd zu, als es aber kein Ende nehmen wollte, befahl er: »durch!« Schreiend und lachend prasselten Bursche und Mädchen, die nicht daran dachten, Ernst zu brauchen, auseinander, und die Rottensteiner stürmten an dem zwischen Ofen und Wand sitzenden und sanft schlafenden Hanshenner, der auch jetzt noch seinen Baß liebevoll in den Armen hielt, vorbei nach der Tür. Plötzlich gab es ein großes Gepolter, – der Baß lag quer vor der Stubentür, die Rottensteiner, einmal im Lauf, stürzten fluchend und wetternd darüber hinweg, und der Hanshenner stand daneben, rang die Hände und schrie kläglich: »mein Baß, mein Baß, – mein guter alter Baß, – dasmal ist er hin, – rein hin!«

Natürlich eilten auf diesen jammervollen Hilferuf die Musikanten einmütig herbei, das gefährdete Instrument zu retten; – schon nach wenigen Sekunden waren die Rottensteiner vollständig von der Tür abgedrängt. Nun folgte ein großer Krawall, der Wirt jammerte laut um seinen Ofen, der bei einem Kampfe in ärgste Gefahr geriet. Zu Tätlichkeiten kam es nicht. Einmal fehlte den Rottensteinern der Schmiedspitter, der den Eckenpeter im Schach gehalten hätte, dann gebot auch Martin mit so mächtig hallender Stimme Ruhe, daß nach kurzem Getümmel die Gegner schnaubend auseinander wichen. Natürlich hielten die Musikanten die Türe besetzt.

»Wollt ihr Bergheimer den Ausgang freigeben?« fragte Martin.

»Nicht eher, bis ihr unsern Baß bezahlt, den ihr ruiniert habt,« schrieen die Musikanten grimmig.

»Ich will nicht fragen, ob der Hanshenner den alten Kasten uns nicht absichtlich zwischen die Beine warf,« sagte Martin finster. »Laßt ihn reparieren, ich will's bezahlen, was es auch kostet!«

Diese unerwartete Großmut brachte die Musikanten sichtbar in Verlegenheit; endlich schrie der Hanshenner: »was da, Reparatur, das besorg ich selber! Bezahl eine Zeche Bier, so soll's gut sein!«

»Schenk ein, Wirt,« schrie Martin, dessen Stirn und Schläfe sich röteten. »Schenk ein, was sie trinken, – ich bezahl's! – Wollt ihr jetzt die Tür freigeben?«

Da nun durchaus keine Ursache mehr vorlag, den Rottensteinern den Ausgang zu wehren, zogen sich die Musikanten halb zufrieden, halb verdrießlich zurück, und die Aufgeregten stürmten ins Freie.

»Geholfen hat's halt nicht viel,« meinte Hanshenner und kraute sich unter der Pelzmütze. »Na, – der Schülzle weiß, was ihm bevorsteht, er soll seine Haut eben beizeiten salvieren!«

»Sollten wir ihm nicht beispringen?« fragte der Eckenpeter.

»Daß das ganze Dorf rebellisch wird?« fragte Hanshenner dagegen. »Nichts da! Draußen soll er sich selber durchhelfen, ist übrig genug, wenn wir im Wirtshaus zu seinem Rückhalt beisammen bleiben!«

»Hast recht,« sagte auch der Zimmerdick. »Der Wildfang hat uns schon Sorge genug gemacht! – Hör, Hanshenner, konntest du es über das Herz bringen, deinen Baß in solche Gefahr zu bringen?«

»He, mit einem gewöhnlichen Baß hätt ich's auch nicht riskiert,« lachte Hanshenner und betrachtete bewundernd das Instrument. »Da, seht selber, nicht ein Sprüngle oder Rißle hat er davongetragen. – Ja, ich hab ihn aber auch verwahrt, – Heiden nochmal! – Zwei armsdicke Eichenprügel habe ich inwendig der Länge nach eingezapft, der andern Sperrhölzer und Widerlager gar nicht zu denken, – allein für sechs Kreuzer an Nägeln habe ich daran verklopft! – Guckt ihr? – Ja, das ist ein Baß! – *Zwei* dürfen sich darauf setzen, und er bricht nicht durch!«

»Donnerwetter! – Darum also klappert, rasselt und schnarrt der Kasten gar so schändlich,« rief der Zimmerdick, und der Wasserfuchs sagte bedächtig: »ja, wenn das vorliegt, dann hast du freilich recht! – *Solchen* Baß wird man nicht wieder finden Land auf und Land ab!«

»Ja, 's ist ein Hauptbaß,« schloß der Hanshenner. »Nicht tot zu machen ist die alte Base!«

*

Ein leiser Druck auf die Schulter, – der eben noch anscheinend fest schlafende Schülzle begann sich zu dehnen und zu strecken, und als die Rottensteiner Bursche nicht auf ihn achteten, verschwand er lautlos unter den Dammsbrücker Burschen und Mädchen, die eben durch die Stube zu schwärmen begannen. »Der Schmiedspitter ist sicher aufgehoben, – vorwärts, das Bärble wird draußen auf dich warten! Mach's rasch ab, Schülzle, eile, was du kannst, – lange halten wir die Rottensteiner auf keinen Fall zurück, und fällst du in ihre Hände, weißt du, was dir blüht! – Ja, wenn sie alle so fest säßen wie der Schmiedspitter, – ha ha! – Vorwärts jetzt!« Damit schob ihn der Mühljohann leise lachend aus der Tür.

In der offenen Haustür zeichnete sich gegen den leuchtenden Schnee draußen eine dunkle weibliche Gestalt ab, – es war Evebärbchen. Wortlos ergriff sie seine Hand und zog ihn fort; er fühlte ihre Pulse schlagen, der drangvolle Atem verriet ihre Aufregung. Im raschesten Lauf zog sie ihn durch die stillen Gassen, erst in der Nähe des väterlichen Gehöftes ging sie langsamer, ließ seine Hand los, hüllte sich schauernd in ihre Tücher, und Schülzle war's, als höre er sie leise schluchzen.

Dem Burschen ward es wunderlich zu Mut. In unbeschreiblicher Pracht und Majestät funkelte der Sternenhimmel über ihm, – aber der Glanz war kalt und fast unheimlich, wie die verzerrten Spiegelbilder der fernen Sterne auf der blinkenden Eisfläche des Dorfbaches. Dunkel und öde, wie zusammengeduckt, lagen die Häuser unter ihren Schneehauben, nur die weißbeeisten Fenster schimmerten durch die Nacht, unheimlich, wie die lichtlosen Augen eines Blinden. Dazu knarrte und heulte der Schnee, und trotz der raschen Bewegung empfand der Bursche schmerzhaft die durchdringende Kälte.

Aber dicht neben ihm schritt leise schluchzend ein süßes, warmes Leben durch die einsame, erstarrende Nacht. Es drängte ihn, das Mädchen an seine Brust zu ziehen, an ihrem Herzen zu erwarmen. Aber konnte, durfte er? Freilich befand er sich auf ihren ausdrücklichen Wunsch an ihrer Seite, aber daß damit der Zwiespalt zwischen ihnen nicht gehoben, hatte sie ja selbst gesagt, – sie verlangte, daß er reden, sich erklären, entschuldigen sollte. Konnte er das? Sollte er sich schuldig bekennen, jetzt, wo sich die Macht seines Blasens aufs neue so wunderbar bewährt? – – –

Das Schluchzen des Mädchens ward stärker, je näher sie dem elterlichen Haus kamen. Paul schnitt das unterdrückte Weinen durch die Seele, – dennoch brachte er kein Wort über die Lippen, die Kehle war ihm wie zugeschnürt. – – – –

Von der Kälte empfand er nichts mehr, eine ganze Hölle brannte in seinem Herzen auf, als nun wirklich schon die Haustür erreicht ward. Es zuckte in seinem Herzen, es wühlte und brannte in seinem Hirn, das heftigere Weinen des Mädchens, das sich von ihm abgewendet hatte und ganz außer sich das Gesicht in ihr Tuch verhüllte, zerriß seine Seele, – dennoch fand er kein Wort der Entschuldigung oder der Liebe, er konnte nicht reden, konnte nicht nachgeben. – Paul knirschte heimlich mit den Zähnen, er konnte nicht, und sollte er darüber zu Grunde gehen! – – –

Wie lange sie so halb voneinander abgewendet gestanden, wußte keines, beiden däuchte es eine Ewigkeit. Paul hätte sich selbst mögen zu Boden schlagen, er kam sich vor, wie dem Teufel verkauft, – dennoch schwieg er. Plötzlich wendete sich Evebärble blitzschnell nach der Tür, im Nu klirrte der Schlüssel im Schloß, die untere Hälfte der geteilten Haustür sprang auf, schon war das Mädchen halb in der aufgähnenden Finsternis verschwunden, als Schülzle zugriff und sie mit Gewalt zurückhielt.

»Evebärble!«

»Laß mich! – Es ist aus zwischen uns!«

Dieses »Laß mich!« klang so herzzerreißend, daß es Schülzle heiß und kalt überlief. Er fuhr sich in das Halstuch und riß daran, als liege hier die Schuld seiner Verstocktheit, dann würgte und sprudelte er gewaltsam hervor: »Evebärble! – Alles reißt und zerrt an mir! Niemand bin ich recht, wie ich bin! Werd ich für ein Kind geachtet, daß man nur so grad hin von mir verlangt: das darfst du tun und das nicht, so mußt du sein und so nicht? – Evebärble, sag selber, was wär das für ein Bursch, der sich heut dahin und morgen dahin werfen läßt? – Meinst, es hat mich nicht getroffen, wie der Martin sagte: ein Mann bist du nicht? – Wär ich denn einer, wenn ich mir befehlen ließe, wie ein dummer Junge? Aufrichtig,

Evebärble, mußt du mir nicht selber danken, daß ich fest steh und mich nicht zum Spielwerk hergebe?«

Evebärble war über diese Auseinandersetzung so überrascht, daß sie vergaß, ihre Tränen abzutrocknen. Während sie staunend, unfähig zu antworten, zu ihm aufsah, spiegelte sich ein Stern in den Perlen, die ihr noch auf den Wangen standen. Paul aber, der sich nicht bloß einen Stein vom Herzen, sondern in eine neue Überzeugung hineingesprochen, drängte ungeduldig: »jetzt rede du! – Sag, ob ich nicht recht getan, auf meinem Willen zu bestehen? – Ich sag ja nicht – und hab's nie gesagt, – daß ich um keinen Preis von der Musik lassen will. Wer weiß, ob ich's nicht tu, wenn's freiwillig geschehen kann, – aber mit Zwang tu ich's nicht, nie und nimmer. – Und nun sag: hab ich nicht recht?«

Während sie heimlich die Hände rang und mit in Tränen schwimmenden Augen zu dem erregten Burschen aufsah, flüsterte das gequälte Mädchen: »ja, ja, – gewiß hast du recht! – Gewiß! – Von der Seite hab ich die Sache noch nicht betrachtet gehabt, – ja, du wirst wohl recht haben! Warum sollst du auch nicht? – Du bist ja ein Mann! – Drum bleib nur auf deinem Willen, – ich werde dich nicht weiter drängen!«

Paul blickte verblüfft und bestürzt auf das Mädchen. Er hatte einen neuen Tränensturm, Klagen, Vorwürfe, Bitten erwartet; – auf diese Zustimmung, durch welche die Verzweiflung so vernehmlich klang, war er nicht vorbereitet. Eine heiße Schamröte stieg ihm in das Gesicht, wie der Blitz schoß ihm der Gedanke durch das Hirn: es muß wahrlich sehr schlecht um deine Sachen stehen, wenn das Mädchen so reden kann! Aber auch der alte Trotz war noch nicht tot, schon regte es sich in ihm: soll ich nachgeben, mich auf den Mund schlagen, im selben Augenblick, da ich mich meiner Mannhaftigkeit rühmte, zu Kreuze kriechen? – – Wohl war ihm jedoch gar nicht, als er nun kleinmütig begann: »siehst du, Evebärble, du mußt mir selber zustimmen! Ich hab's ja auch gewußt, daß du noch zur Einsicht kommen würdest.«

Als das Mädchen fassungslos ihren Kopf an seine Schulter lehnte und er nun fühlte, wie sie unter den Stößen des Schmerzes zuckte, quoll es in ihm wieder heiß auf. Heftig schob er seine Mütze hin und her und klagte: »ja, du hast freilich recht zu weinen, was hilft's uns, daß du einsiehst, ich kann nicht anders? Dein Vater, daß sich Gott erbarm, dein Vater kommt nimmermehr zur Erkenntnis, nimmermehr gibt er nach, – und nun auch noch die Geschichte mit dem Hofmartin! – Evebärble, was soll nun werden?«

Das Mädchen hatte lauschend den Kopf gehoben, jetzt schluchzte sie: »ich weiß nicht, – mein Kopf ist wie ausgebrannt! Ich weiß nur: ich bin das unglücklichste Mädchen auf Gottes Erboden! – Horch,« fuhr sie auf. »Sie kommen! – Ich bin dein, Paul, für immer und ewig, was auch kommen mag, ich bleib dir treu! Was aus uns wird, weiß ich nicht, gewiß ist nur, daß uns noch viel Leid bevorsteht! – Hörst du nichts? – Um Gott! – Paul! – Fort, fort, es wäre mein Tod, müßte ich denken, du könntest den Rottensteinern in die Hände fallen! – So eil dich doch, – was stehst du da und siehst mich an? – Wenn du mich gern hast, geh! – Gott weiß, was mir bei den Eltern bevorsteht, soll ich auch deinetwegen noch zittern und zagen?«

»Evebärble, – mein gut's Evebärble! – Es *soll* anders werden, ich – –«

»O mein Gott! – Hörst du nicht, wie sie das Haus umkreisen? – Mach fort, eh's zu spät ist!«

Paul wandte sich zur Flucht; – zu spät! Von allen Seiten prasselten Holzscheite in den Hof und splitterten an Wänden und Ecken. Allen Kameraden weit voraus stürmte Martin um die Ecke, mit lautem Zornruf warf er sich auf den verhaßten Nebenbuhler. Doch auch Schülzle hatte die Gefahr Ruhe und Besonnenheit wiedergegeben; geschickt wich er dem Anprall aus, während Martin noch von der Wut des Stoßes taumelte, packte er ihn und schleuderte ihn den anstürmenden Rottensteinern entgegen. Dann fühlte er seine Hand ergriffen, er tauchte in eine dicke Finsternis, eine Tür sprang ins Schloß, – im selben Moment krachte ein solch furchtbarer Stoß gegen das Bohlenwerk, daß ein dumpfer Schlag durch das stille Haus schütterte. Aber umsonst hatten sich die Gegner draußen mit voller Kraft gegen die Türe geworfen, – sie hielt. Evebärble schob rasch noch Riegel und Sperrhaken vor, – für den Augenblick war Paul in Sicherheit.

Für den Augenblick!

Warm und kalt überlief es den Burschen, während er im stichdunkeln, eisigkalten Treppenraum neben dem atmenden, leise weinenden Mädchen stand, draußen seine Gegner schnaubend das Haus umtobten, bald an den Haus- und Stalltüren rüttelten, bald laut drohend Einlaß begehrten. In welche unselige, heillose Patsche war er geraten! – Wie er so dastand, kam er sich vor wie ein Weizenkorn zwischen zwei Mühlsteinen. Hinaus durfte er nicht, vielleicht sein Leben, zum mindesten seine Gesundheit stand auf dem Spiel! Blieb er aber, und der Bauer fand ihn im Haus, – und daß der Bauer ihn bald finden würde, daran war bei dem heillosen Lärm, den die aufgebrachten Bursche draußen vollführten, gar nicht zu zweifeln, der Bauer *mußte* ja aufmerksam werden, konnte ja den Unfug in seinem Hof nicht geschehen lassen, – was ihm dann bevorstand, ahnte ihm dunkel! – –

Abermals donnerten dumpfe Schläge gegen die Türe, zugleich schrie Martin: »aufgemacht! – Aufgemacht, Bauer, oder beim Teufel, wir sprengen die Türe! – Aufgemacht, – der Schülzle ist im Haus, – gebt ihn raus, oder wir stürmen die Tür!«

»Mein Gott, mein Gott! – Wie soll das enden?« stöhnte das zitternde Mädchen. »Horch? – Hörst du nichts? – Wahrhaftig, – o mein Gott, – der Vater ist schon wach! – Komm herauf! In den Stall kannst du nicht, die Türe knarrt, und hier vor der Treppe kannst du auch nicht bleiben. – Komm, such dir droben ein Versteck, im Hausflur oder in der Küche, – aber komm! – O du gnadenreicher Heiland, wende das Unglück! – Komm, – rasch! Der Vater wird im Augenblick mit Licht da sein, trifft er uns zusammen, – du kennst seinen Jähzorn!«

Paul fühlte sich abermals an der Hand ergriffen, diesmal die Treppe emporgezogen; zum Glück dämpften die krachenden Schläge an die Haustüre seinen stolpernden Schritt. In der Wohnstube fluchte der Bauer über die Schwefelhölzer, die nicht Feuer fangen wollten, – das Mädchen zuckte zusammen. »Rechts grad aus ist die Küchentür! Gott schütze dich, ich kann dir nicht weiter helfen, trifft mich der Vater außer meiner Kammer, ist alles verloren!«

Ein Lichtblitz durch das Schlüsselloch der Stubentür verscheuchte das Mädchen, Paul war allein. Vorsichtig tappte er nach der bezeichneten Richtung, eine Türe fand er nicht; er behielt auch nicht

Zeit, längs der Wand danach zu tasten, denn eben ging die Stubentür. Schülzle konnte gerade noch in den Schatten und endlich hinter die Türe selbst springen, die der Bauer im Eifer zu schließen vergaß. Wieder war Paul für den Augenblick gesichert, wenn er gleich meinte, das Schlagen seines Herzens müsse ihn verraten.

Ein neuer Angriff gegen die Haustür brachte den Bauer außer sich; sein Licht stellte er mit der dem Bauer eigenen Besonnenheit auf den Boden, dann riß er das Hausflurfenster auf, und eine sehr erregte Unterhandlung zwischen ihm und den Burschen draußen entspann sich. Der Bauer war mit Recht wütend über die maßlose Frechheit der nächtlichen Ruhestörer; er stutzte zwar, da er Martins Stimme erkannte, allein sein Zorn ward nicht geringer. Als er erfahren, daß der gehaßte Bursche das Evebärble heimbegleitet habe, ja sich sogar im Haus befinde, stieß er einen lästerlichen Fluch aus, der Paul das Herz erzittern machte. Trotzdem aber nun der Alte über Schülzle wütete und tobte, vergaß er auch die Anmaßung der Rottensteiner nicht. Es kam zu einem heftigen Zank zwischen dem Bauer und Martin, der damit endete, daß Martin versicherte, wenn der Bauer nicht sogleich den Schülzle ausliefere, werde er doch noch die Türe sprengen; worauf der Bauer entgegnete, den Musikantenlump dulde er nicht eine Minute im Haus, wegen dem Martin aber tue er, was ihm beliebe, und wenn noch ein einziger Schlag gegen die Tür geschehe, werde er zu antworten wissen.

Die Bursche traten nun wirklich zurück, und der Bauer schloß das Fenster. Wie ward aber Paul, als er sah, wie der Alte die Hände rang, sich verzweifelnd durch die dünnen weißen Haare fuhr und stöhnte: »mein Gott im Himmel, wenn mir das Mädle, mein Evebärble, die Schande angetan hätte!«

Er ging nach der Tür, – Schülzle biß die Zähne zusammen! – Wenn er sie bewegte, stand er im vollen Licht dem Alten gegenüber!

Doch der Alte beachtete die Tür nicht, er rief nur in die Stube: »Alte, der Musikant soll im Haus sein! Steh auf! Mach Licht und sieh bei den Weibsleuten nach, – ich geh die Knechte wecken, der Kerl soll mir das nicht ungestraft getan haben!«

»Ich bin schon lang auf,« entgegnete eine verstörte, frostbebende Frauenstimme, »aber ich kann die Schwefelhölzle um alles in der Welt nicht finden!«

»Ja, das glaub ich! – Die hab ich in der Hast ins Handbecken geworfen,« entgegnete der Bauer. »Mach Licht in der Küche und eile, daß du in die Mädchenkammer kommst! Ist der Bursche dort –«

»Alter, – schäme dich,« rief die Bäuerin ärgerlich.

»Es ist ein Glück für das Mädle, ist die Luft rein! – Eil dich!«

Der Bauer verschwand mit seinem Licht in dem schmalen Gang, der durch die ganze Tiefe des Hauses führte; in der eintretenden Finsternis huschte eine Gestalt an Paul vorbei, nebenan raschelte es, dann drang durch eine halb offne Tür ein blauer Lichtschimmer in den Hausflur. Also dort war die Küche! – Trat jetzt die Bäuerin heraus, ward gerade der Winkel zwischen Wand und Tür, in dem er Schutz gefunden, zuerst erleuchtet, – Entdeckung war unvermeidlich. – Überhaupt war er verloren, sowie nur der Bauer aus dem Gang zurückkam! Hier konnte er nicht bleiben, – aber wohin? – Nahende Schritte der Bäuerin scheuchten ihn auf. Fort mußte er, – im Augenblick war nur ein Loch offen, – mit einem Sprung war er in der Stube hinter dem Ofen.

Wieder war er für den Augenblick gerettet, – aber er geriet auch immer tiefer in die Falle. Wohin, wenn der Bauer mit den Knechten zurückkam?

Die Bäuerin schloß die Stubentür und entfernte sich ebenfalls nach der Hinterseite des Hauses. Paul trat an die beeisten Fenster, taute sie mit seinem Hauch auf und blickte hinaus. Der Sprung hinab in den Garten war gewagt, aber nicht unausführbar. Eben erhellte der aufgehende Mond matt die Umgebung, bei dem schwachen Schein bemerkte er, wie die Rottensteiner das Haus nach allen Seiten umstellt hatten. An ein Entkommen war vorläufig nicht zu denken.

Schritte kamen näher; er hörte, wie die Bäuerin besänftigend auf das weinende Evebärble einsprach, die auch die Mägde trösteten. Also sämtliche weibliche Hausbewohner kamen in die Stube, – wo sollte er bleiben? Allmählich ward es nun auch im Haus lebendig; er hörte den Bauer schelten, die Knechte lachen und fluchen, – wohin,

wohin? In der Stube zeigte sich nirgends ein Winkel, nirgends ein Versteck. Näher und näher kamen die Frauen, – verzweifelnd, mit einem Fluch zwischen den Zähnen, rannte er hinaus in die Kammer der Herrnleute. Es war das ein enger Raum, ein sogenanntes Kaffenetle; zwei dünne, etwa sechs Fuß hohe Bretterwände, die nach oben ein geschnitztes Gitterwerk mit der Decke verband, umschlossen eben zwei breite Betten und ließen einen schmalen Gang dazwischen frei. Die Wände selbst waren mit Kleidern verhängt, dahinein verkroch sich Paul, drückte sich fest in die Ecke und ergab sich seufzend in sein Schicksal.

Eine trostlose Lage! – Wie sollte er aus diesem Gefängnis unbemerkt ins Freie gelangen? Das einzige Fenster war vergittert, und sonst führte der Weg nur durch die Stube und über den Hausplatz! – Es war schrecklich! – Mehr als einmal fuhr sich Schülzle in die Haare. Zur größeren Vorsicht begann er seine Stiefel auszuziehen, band sie mit der Trompete zusammen und hing sie um die Schultern, um für den Notfall Arme und Hände frei zu haben.

Das Peinliche seiner Lage ward vermehrt durch die unmittelbare Nähe des geliebten Mädchens; er sah ihren Schatten an Wand und Decke sich abzeichnen, er hörte ihr trostloses Weinen, das die Mutter und Mägde vergeblich durch ihre Tröstungen zu beschwichtigen suchten, – er wußte ja nur allzu gut, warum sich Evebärble nicht wollte trösten lassen. Wie erbärmlich, wie verächtlich kam er sich vor in seiner Ecke! – Unterdessen ging der Rumor im Hause fort; aus dem Eifer, mit dem man alle Ecken durchsuchte und durchkroch, konnte er abnehmen, wie viel dem Bauer an seiner Entdeckung liegen mußte, zugleich, welch heißer Empfang ihm blühte, ward er wirklich aufgefunden! – Nach einer endlosen Viertelstunde kam endlich der Bauer frostbebend in die Stube zurück und erklärte, – Schülzle atmete auf, –: »den Rottensteinern will ich den Lärm gedenken! Tausendsapperlott! Die Narren! Daß der Schülzle nicht im Haus ist, glaube ich, gewiß ist er ihnen entwischt, während sie so unsinnig an der Tür lärmten! In ein Mausloch kann er nicht kriechen und unsichtbar ist er auch nicht, – wir hätten ihn finden müssen, wäre er noch im Haus. Alle Ecken sind durchsucht, – alle Räumlichkeiten bis auf das Kaffenetle, und da drin, – hm, der Teufel traue! Wer weiß? Am Ende ist alles möglich in der Welt!«

Schülzle ging der Atem aus vor Schrecken. – Wohin, – wohin? Noch hörte er die Bäuerin ärgerlich sagen: »ach, geh doch, Alter, bist du auch bei Trost? – Wie soll ein Mensch in die Stube, – gar ins Kaffenetle 'kommen sein?« – Allein Schülzle wartete das Ergebnis dieser Unterredung nicht ab, mit einem Eifer, der eines besseren Zieles würdig gewesen wäre, kroch er unter das ihm zunächststehende Bett. Es war das gar keine so leichte Aufgabe; zunächst hinderten ihn Stiefel und Trompete, sodann standen unter dem Bett eine ganze Masse Schachteln, Kästen und Eierkörbe, die er alle vorsichtig, natürlich nach vorne, daß sie im schlimmsten Fall eine Schutzmauer für ihn bilden konnten, zur Seite schieben mußte. Einen runden Eierkorb hätte er fast umgestürzt; noch rollten und kollerten die Eier in ihrem Behälter, als auch richtig schon der Bauer ins Kaffenetle trat: »mag alles sein, – nachsehen kann man ja!« Der Bauer untersuchte die Kleider, – richtig, er leuchtete auch unter die Betten, – ohne die Schachteln und Körbe wäre der Bursche verloren gewesen. – So kehrte der Bauer brummend in die Stube zurück und Schülzle hörte ihn sagen: »nichts ist's! Nun will ich aber auch ein Wort mit den Rottensteinern reden!« – Darauf folgte ein heftiger Zank im Hausflur und im Hof, von dem aber Schülzle nichts verstehen konnte. Endlich warf der Bauer das Fenster zu, schickte die Knechte zu Bett und kehrte schnaufend in die Stube zurück. »So,« schrie er, »den Musikanten wären wir los und den Hofmartin dazu! – Ist recht, – ist ganz recht so! – Um den Martin ist mir's eigentlich leid, aber du hast ihn ja doch nicht eigentlich gern gehabt, Evebärble, drum mag's sein, – es wird nicht an Freiern fehlen. – Und jetzt laß das Weinen, Kind! Du weißt, das tut mir weh! Leg dich zu Bett und schlaf aus! – Aber eins mußt du mir versprechen, Evebärble; den Musikanten guckst du nimmer an, mit dem ist's aus, – ganz aus, gelt, das versprichst du mir?«

»Ha, Alter, sei mir nur gleich ganz still und laß das Mädle in Ruhe,« fiel ihm die Bäuerin ins Wort. »Hast's schon vergessen, daß du eigentlich an dem ganzen Aufstand schuld bist? Wärst du vorhin abends nicht so auf das Evebärble losgestürzt, hättest du sie bei ihrem Willen gelassen, so hätte sie den Tanzboden gar nicht betreten, und alles wäre verblieben. – Geh du, mein lieb Kind, kümmere dich nicht, schlafe sanft, – ich leide nicht, daß du gekränkt wirst. Geh jetzt, der Herrgott wird alles zum besten lenken!«

Um kein Wort dieser Unterredung, die ihm das Herz pochen machte, zu verlieren, hatte sich Paul regungslos verhalten, – nun war es zu spät, seinen unangenehmen Platz unter dem Bett zu verlassen. Das Mädchen huschte rasch aus der Stube, auch die Alten beeilten sich, in ihre Betten zu kommen.

Scham, Zorn, Angst und Reue brachten Schülzle in eine grimmige Wut über sich selbst. Also *dahin* hatte er es mit seinem Trotz gebracht, daß er jetzt mit Zittern und Zagen, von Frost geschüttelt, unter dem Bett des Mannes liegen mußte, dessen Sohn er sein konnte! Dahin, daß er sich verstecken mußte wie ein Dieb, in schimpflichster Lage sich weder rühren noch regen durfte, um nicht Entdeckung herbeizuführen! Paul knirschte mit den Zähnen. Und wenn seine heutigen Abenteuer bekannt wurden! – Heiliger Gott, – wo wollte er bleiben vor Spott und Hohn? – Die Glut, die ihm dieser Gedanke aufjagte, hielt nicht lange vor, die Kälte, die ihn bis aufs Mark erstarrte, verscheuchte die Sorgen vor einer ungewissen Zukunft, die nur allzu »sichere« Gegenwart nahm sein ganzes Denken in Anspruch: wie sollte er unbemerkt aus seinem Gefängnis entkommen?

Der Bauer warf sich, zum großen Unbehagen seines Gastes, den das Ächzen der Bettstatt jedesmal arg erschreckte, ruhelos von einer Seite auf die andere. Als nun die Bäuerin auf der anderen Seite sehr vernehmlich zu seufzen begann, sagte der Bauer:»he, Alte, – ich kann nicht schlafen, die Geschichte geht mir arg im Kopf herum!«

»Mir auch,« war die bekümmerte Antwort.

»Ist ein verflixter Kram mit dem Musikant, eine Heidengeschichte! – Herrgottseindonner auch, mit Fäusten könnte man dreinschlagen.«

»Dein Fluchen ändert nichts! – Tu doch nicht so wüst! Das Mädle hat ihn nun einmal lieber wie den Martin, – was ist's Großes, daß er sie heimbegleitet hat? Im Haus war er doch nicht lange!«

»Ach, das meine ich nicht,« knurrte der Bauer.»Das Mädle wird den Schülzle nicht lassen wollen, – und, daß ich's nur gestehe, so grimmig ich auf den Buben bin, jetzt ist er mir noch lieber, wie jeder andere Bursch. – Da liegt der Hase im Pfeffer!«

»O Herrje, – wenn's so steht, dann ist's – –«

»Ich dacht's ja, so wird's kommen,« unterbrach sie der Bauer zornig. »Ist denn mit euch Weiberleuten gar kein vernünftig Wort zu reden? – Aus ist's mit dem Schülzle, aus und vorbei, jetzt und für immer. Mache mich nicht wild und rede kein Wort mehr davon!«

»Du bist und bleibst ein alter Brummbär! – Was bringst einen auf solche Gedanken, wenn's denn durchaus aus sein soll?«

»O lieber Gott, weil mir's im Kopf herumgeht, wie's jetzt so ganz anders stehen könnte ohne die Dummheit von dem Buben! – Als wenn's nicht auch mein Stolz war, daß er so berühmt auf der Trompete ist? Aber zum Kuckuck, die Gesundheit geht doch allem vor! Und hätt ich jemals daran gedacht, ihm so ganz und gar alle Musik zu verbieten, wär er zu rechter Zeit 'kommen und hätt mir ein vernünftig Wort gegönnt? – –«

»So halt ihm die Dummheit zu gut, er ist eben jung,« bat die Bäuerin. »Sieh, Alter, daß er dem Mädle aufrichtig gut ist, hat er heut bewiesen; vielleicht haben ihm auch die Vorgänge die Augen geöffnet – – –«

»Sei mir nur still, ganz still,« schrie der Bauer. »Davon will ich nichts hören! Solche Halsstarrigkeit, wie sie der Bursch gezeigt, das geht über alles Maß! Gott bewahr mich, daß ich solchem Menschen mein Kind anvertraue! Er mag sonst ein ganz guter Kerl sein, – wer bürgt mir dafür, daß nicht öfter solch rappelköpfiger Starrsinn über ihn kommt? Soll ich mir dann vorwerfen lassen: du hättest das voraussehen können? – Du hast dein Kind unglücklich gemacht? – He, so red doch auch was! Habe ich unrecht?«

»Ich kann dich nicht widerlegen, und doch ist was in mir, das dir widerspricht. – Tu, was du willst, ich mische mich nicht ein!«

»Und was bedeutet dein Weinen?«

»Geh, laß mich in Ruhe! Ich bin die Mutter; soll ich nicht weinen über das Leid, das meinem guten Kind bevorsteht?«

Der Bauer antwortete nicht; das Seufzen der Bäuerin, das Ächzen der Bettstelle des Bauern abgerechnet, ward es still in der Kammer. Auch Schülzle rührte sich nicht. Obgleich ihn der Frost schüttelte und er auf seine Pelzmütze biß, um sich nicht nicht durch Zähneklappern zu verraten, brannte ein Feuer in ihm, daß er vor Hitze und Angst hätte auf und davon laufen mögen. Er war sehr unglücklich unter dem Bett!

Mit fieberhafter Spannung harrte er darauf, daß die Bauernleute einschlafen möchten. Wohl verstummten auch nach und nach die Seufzer, die Bettstelle hörte auf zu ächzen; allein ein gesundes Schnarchen wollte sich nicht vernehmen lassen; sowie er die leiseste Bewegung machte, hob der Bauer den Kopf und fragte: »Alte, hörst du nichts?«

»Laß mich, es werden Mäuse klappern,« war jedesmal die beschwichtigende Antwort, aber Paul mußte doch seine Versuche aufgeben, wollte er den Bauer nicht mißtrauisch machen.

Höllenquallen stand er aus unter dem Bett. Nicht nur die durchdringende Kälte machte ihn allmählich ganz starr und steif, jedes Glied schmerzte bei der unbequemen, harten Lage. Oft wandelte ihn die Lust an, nun doch hervorzukriechen, nötigenfalls einen Kampf zu wagen und mit Gewalt durchzubrechen. Was hatte er im Grunde zu befürchten? Den schwachen Alten zu überwältigen, war ihm ein leichtes, und ehe er die Knechte zu Hilfe rufen konnte, war er längst aus dem Haus! – Er wollte, ja er wollte! Wenn er aber nun begann, dann überlief ihn ein Schauer! Sollte er sich im Haus, ja im Schlafzimmer an dem Mann vergreifen, der ihm nie etwas zu leid getan? – Schülzle fluchte und knirschte, biß in die Pelzmütze und blieb liegen.

Zum Glück war es schon sehr spät in der Nacht gewesen, als er mit Evebärble das Wirtshaus verließ, – dennoch meinte er, die Zeit müsse stille stehen, so langsam kam der Morgen herbei. Seine Hoffnung ging darauf, daß Bauer und Bäuerin die Kammer verlassen würden, Knechte und Mägde zu wecken. Diesen Augenblick wollte er benützen, aus seiner unwürdigen Lage herauszukommen, vielleicht im Hausplatz oder in der Küche ein vorläufiges Versteck suchen, um dann, wenn das Gesinde in den Ställen sich befand, aus dem Haus zu schlüpfen.

Auch diese Hoffnung ward ihm vereitelt, und zwar durch – Evebärble! Die Sorge um Pauls Schicksal ließ das arme Kind nicht ruhen; sein rätselhaftes Verschwinden erfüllte ihre Phantasie mit grauenvollen Schreckbildern. Konnte er nicht im Sturz verunglückt sein? Hatte er sich in der Angst nach einem sichern Versteck irgendwo festgezwängt und konnte nun nicht vor-, nicht rückwärts? – Daß er noch im Haus sein *mußte*, war ihr außer Zweifel; hatte sie doch nur zu gut bemerkt, wie die Rottensteiner das Haus umstellt hielten, – ohne Lärm hätte zum mindesten ein Fluchtversuch nicht abgehen können. Aber wo, – wo hielt er sich versteckt? Wie hatte er es möglich gemacht, so wie in den Erdboden hinein zu verschwinden? – Ihre Tränen flossen, jede dahinschwindende Viertelstunde legte ihr eine neue Last auf die Seele. Zuletzt ward ihr die tiefe, geheimnisvolle Stille im Haus ganz unerträglich, – sollte sie der Ruhe pflegen, während er vielleicht in Gefahr schwebte, Not und Qual erduldete? – Leise stand das Mädchen auf, vorsichtig huschte sie durch das ganze Haus, händeringend flüsterte sie seinen Namen, – keine Antwort: überall dieselbe tiefe, schreckhafte Stille. Draußen bewachten noch immer die Rottensteiner das Haus, also konnte er nicht ins Freie gekommen sein, – wo war er geblieben? Was war aus ihm geworden? Überwältigt von Angst und Verzweiflung sank sie auf die Knie.

Allein damit war für den Augenblick nichts geholfen. War Paul noch im Haus, bedurfte er Hilfe und Beistand, – vor allem mußte sie die Hände frei haben, um gegebenen Falls rasch und entschieden zu seinen Gunsten handeln zu können. Mit Gewalt sich zusammenraffend, eilte sie in die Stube, bat die Eltern, ruhig im Bett zu bleiben, nur die gestörte Nachtruhe nachzuholen, sie selbst wolle das Gesinde wecken und den Haushalt besorgen.

Hätte sie ahnen können, in welch verzweiflungsvoller Wut ihr Schatz so dicht nebenan in seine Pelzmütze biß und die Fäuste ballte!

Den Eltern tat diese Aufmerksamkeit nach den Stürmen der Nacht wohl; sie lobten das Mädchen und gingen gern auf ihren Vorschlag ein. Im Haus ward es nun lebendig; schrille Pfiffe draußen im Hof sagten Paul, daß seine Gegnerzusammengehalten, nun aber doch ihren Plan aufgaben und sich zurückzogen. – Heiliger Gott! – Und er lag noch immer unter dem Bett! Jede Minute verringerte die Aussicht, unbemerkt zu entkommen. – Wie sollte das enden? – – – – –

Die ganze Familie saß endlich um den Frühstückstisch, auf dem eine mächtige Schüssel Sauerkraut dampfte, eben trat noch

Evebärble herzu und schüttete einen großen Topf voll gekochter Kartoffeln ohne weiteres auf das Tischtuch um die Krautschüssel. Während die Knechte und Mägde mit Eifer nach den Erdäpfeln griffen und sie blasend, oft auch die verbrannten Finger schwingend, von ihren Schalen befreiten, schüttelte der Bauer den Kopf und sagte: »Mädle, Mädle, was ist doch mit dir? – Siehst aus wie ein Geist, und noch immer steht dir das Wasser in den Augen! – Sei doch verständig! Die Geschichte ist ja vorbei, und kein Mensch macht dir deswegen einen Vorwurf!«

»Ja, sei vernünftig, Kind Gottes,« bat auch die Mutter und streichelte die heiße Hand des Mädchens. »Komm, laß das Weinen und iß! Setz dich, mir quillt jeder Bissen, wenn ich dich so harmvoll sehe!«

»Ich kann nicht essen, nicht einen Mundbissen! Laßt mich nur, mir fehlt nichts, – ich werde schon auch wieder zur Ruhe kommen,« entgegnete Evebärble leise. Die Mutter schüttelte den Kopf, der Vater brummte, – doch ließen sie das Mädchen gewähren, die langsam nach dem Kaffenetle ging und dort nach der Hausordnung begann, die Betten der Eltern aufzurüsten.

Plötzlich bewegten sich die Kleider an der Bretterwand, ein bleiches Gesicht tauchte auf, ein paar frostbebende Lippen flüsterten: »Evebärble, – hilf!« – – Mit einem Schrei fuhr das Mädchen zurück.

Das Gesicht verschwand, gleich darauf steckte die Bäuerin den Kopf in die Türe und rief: »um Gottes Jesu Christi willen, – was gibt's, – was hast?«

Vor Evebärbles Augen begann es sich zu drehen; Entzücken, daß Paul noch lebte, Schrecken über seine gefährliche Lage raubten ihr fast die Besinnung. Dennoch empfand sie, daß sie jetzt die Verwirrung bezwingen müsse um jeden Preis; mit der Schürze das Gesicht bedeckend, stammelte sie: »ach, – ich weiß nicht, – ich glaube, – 'ne Maus – –«

»Du Unglückskind, wie du einen erschreckst, – ich zittere an allen Gliedern,« schalt die Mutter beruhigt. »Weiter nichts? – Ja, die Mäuse haben die ganze Nacht arg gewirtschaftet. – Weißt was, – räume gleich das alte Bettstroh aus und fülle frisches ein, damit Ruhe wird.«

Evebärble vermochte nicht zu antworten, sie nickte bloß mit dem Kopfe. Als die Mutter verschwunden war, flüsterte sie: »halte dich ruhig, ich helfe dir,« und eilte hinaus. Nicht lange, so kehrte sie mit einem ungeheuren Futterkorb zurück, räumte die Betten zur Seite und begann das Stroh einzufüllen.

Evebärble war nur ein ungebildetes Mädchen, sie hatte nie etwas von den Weibern von Weinsberg gehört, – in aller Einfalt des Herzens verfiel sie auf das gleiche Auskunftsmittel. Es war ein schweres Werk, das sie unternahm. Während sie unter der Last des Burschen keuchte, wollte ihr das Herz brechen, – denn klar war sie sich bewußt, daß sie jetzt das Glück ihres Lebens auf dem eigenen Rücken davontrug.

Hanehret (Johann Ehrhardt), der Großknecht, meinte eben bedenklich: »ist doch seltsam, wie der Korb knarrt, wie das Evebärble schwer trägt, und hat doch bloß Stroh eingefüllt!«

Evebärble erschrak, wollte sich beeilen, – da, – ein Krach! Plötzlich wurde ihre Last schrecklich leicht, ein dumpfer Fall hinter ihr! – Sie wagte sich nicht umzublicken, mit dem Jammerruf: »daß sich Gott im hohen Himmel erbarm,« stürzte sie verzweifelnd aus dem Zimmer.

Der Haufen Stroh in der Mitte der Stube belebte sich, eine dunkle Gestalt raffte sich auf, – Paul trat langsam aus der Staubwolke, setzte sich mit verzweifelnder Ergebung in das Unvermeidliche auf die Ofenbank an den warmen Ofen, kraute sich unter der Pelzmütze und sagte sehr kleinmütig: »guten Morgen mit'nander! Da bin ich, – macht mit mir, was ihr wollt!«

Als sich das Staunen etwas gemildert, der ärgste Lachsturm gelegt, – so sehr er sich darüber ärgerte, – selbst der Bauer konnte nicht ruhig bleiben, mußte herzhaft mitlachen, zur großen Erleichterung der Bäuerin, – stand der Bauer auf und ging um den frierenden Burschen auf der Ofenbank herum, wie ein Fuchs um den Hühnerstall. Zorn und Lachreiz kämpften noch in ihm, – doch immer bedenklicher schwoll seine Stirnader: »i du Teufelsbursche! Den ganzen Morgen steckst du im Kaffenetle?« begann er endlich.

»Ich spür's an allen Gliedern,« klagte Paul.

»Und wie bist du 'reinkommen?«

»Ganz ehrbar durch die Tür! – Soll ich's Euch vormachen?«

Das Lachen der Dienstboten steckte den Bauer an. Sich bezwingend, fragte er wieder: »und wo hast du gesteckt? – Ich habe doch auch da draußen nach dir gesucht?«

»Das vergeß ich mein Lebtag nicht! –Waret mir nahe genug! – Ja, in einem Rosengarten hab ich nicht gesessen!«

»Das seh ich,« brummte der Bauer. »Hm, – hm! – Hast du auch unser Gespräch mit angehört?«

»Hätte mir gerne die Ohren zugehalten, wenn's was genützt!«

»Wieso?«

»Meint Ihr, 's ist 'ne Lust, Dinge hören zu müssen, über die man den Kopf an die Wand rennen möchte?«

»Hm, hm,« brummte der Bauer und ging, ohne die atemlos lauschende Tischgesellschaft zu beachten, heftig auf und ab. »Hast alles gehört?« fragte er noch einmal.

»Daß sich Gott erbarm!«

Die Blicke des Bauern und Burschen begegneten sich, hafteten aneinander, schienen sich gegenseitig festzuwurzeln. Rauh fragte der Bauer: »und deine Antwort?«

»Da habt Ihr sie,« schrie der Bursche wild und sprang nach der aus dem Stroh hervorblitzenden Trompete, offenbar in der Absicht, sie zu zertreten.

Ein Leuchten ging im Gesicht des Bauern auf. Rasch hob er das Instrument vom Boden auf und schrie: »oha, du Tollkopf! – Da habe ich auch ein Wort dreinzureden!«

Während ihn der Bursche bestürzt anstarrte, bald glühend rot, dann wieder totenbleich ward, begann die Bäuerin, der eine Ahnung dämmerte, weinend laut zu beten. Der Bauer betrachtete eine Weile die blank geputzte Trompete, dann öffnete er die Türe und rief: »Evebärble, Mädle, wo steckst? – Komm gleich mal 'rein!« Und als das arme Kind zitternd aus der Küchentür auftauchte, fuhr er fort: »denke doch, der Nichtsnutz da wollte die schöne Trompete zertreten. Natürlich habe ich sie ihm weggenommen! – Aber so darf ich doch das Instrument nicht behalten; was meinst, Evebärble, was ich ihm dafür geben soll?«

*

»Jetzt seid vernünftig und eßt,« schalt der Bauer. »Ihr könnt's beide brauchen; zum Ansehen und Händedrücken habt ihr hernach Zeit. Du, Hanehret, spannst gleich ein und holst die Bergheimer Bas, daß noch heute richtige Freierei gehalten wird. – Ist schad, daß die Musikanten wohl längst heim sind, – auf einer Musikantenfreierei sollte es doch auch nicht an Musik fehlen!«

»Wenn's weiter nichts ist, dem Mangel ist abzuhelfen! – Guten Morgen mit'nander! – Waren in grausamer Angst um den Schülzle! O Herrje! Ist's denn möglich? Macht 'nen Kessel voll Sauerkraut und Erdäpfel zurecht, ich bringe das ganze Chor mit, und wir haben Hunger wie die Wölfe!« Ehe ihn der erfreute Bauer erreichen konnte, war der Zimmerdick wieder verschwunden.

Das brachte rasch neues Leben in die Tischgesellschaft, lachend eilte die Bäuerin mit den Mägden in die Küche, die Knechte gingen hinab in den Stall, und es dauerte nicht lange, so klingelte Hanehret mit dem Schlitten auf dem Hof. Im selben Augenblick bog auch schon die Musikantengesellschaft um die große Scheune; vor der Haustüre machten sie Halt und begannen, trotzdem sie vor Frost mit den Zähnen klapperten, einen Tanz aufzuspielen. Zum Glück machte der Hausherr ihrer Not ein Ende, der ihnen befahl, in die Stube zu kommen, Sauerkraut und Kartoffeln seien angerichtet. Mitten im Strich brach Hanshenner ab, warf die Baßgeige auf den Rücken und eilte die Treppe hinauf, – solchem Beispiel konnte natürlich niemand widerstehen.

In der Stube gratulierte Hanshenner dem Brautpaar mit heimlichem Lächeln. »Wir haben unsere Schuldigkeit getan für euch,« schmunzelte er. »Und mein Baß auch! Ja, ja, Evebärble, ohne meinen Baß, – wer weiß, ob alles so gekommen wäre?« Danach erzählte er, wie er seinen Baß geopfert und den Rottensteinern zwischen die Beine geworfen, um sie aufzuhalten. Dies rührte das Mädchen so, daß sie nun selbst nach dem Kasten ging, ihn dem Alten abzunehmen und in Sicherheit zu bringen. Geschmeichelt ließ sie Hanshenner gewähren; als das Mädchen über die unerwartete Schwere des Instrumentes erstaunte, lachte er geheimnisvoll und sagte: »ja, Evebärble, das ist ein Hauptbaß! So einen trifft man nicht wieder Land auf und Land ab! Aber er hat auch seine Eigenheiten!«

Auch die übrigen Musikanten hatten sich unterdes in der Stube versammelt, das Staunen, die Begrüßung, die Gratulation wurde so rasch als möglich abgemacht, – das Sauerkraut und die Erdäpfel dampften gar zu einladend, und die in der Küche rasselnde Kaffeemühle erweckte noch erfreulichere Aussichten. Ohne viel Umstände machte sich die Gesellschaft darüber, ihren Hunger zu stillen; die Bauernleute und das Brautpaar mußten sich natürlich mit an den Tisch setzen, – es gab ja so viel zu fragen und zu erzählen.

Nach der Entfernung der Rottensteiner setzten sich, wie bereits mitgeteilt, die Musikanten mit widerstreitenden Empfindungen zusammen. Es war ihnen unangenehm, daß sie die Rottensteiner nicht länger aufzuhalten vermocht hatten, und das Schicksal ihres Kameraden machte ihnen Sorge, – auf der andern Seite war wieder die freie Zeche eine Errungenschaft, die jedes redliche Musikantenherz mit Entzücken erfüllte. Zuletzt half man sich aus diesem Dilemma mit der Erwägung: es wär ja wohl keiner unter ihnen, der sich nicht ein- oder mehrmals in ähnlicher gefährlicher Lage befunden. Der Schülzle wäre kein Kind mehr, wüßte, was für ihn auf dem Spiel stände, mochte er selber zusehen, wie er sich durchhalf, – überdem war es schon genug, daß er an den Musikanten im Wirtshaus einen Rückhalt hatte.

So recht behaglich ward die Kneiperei doch erst, als ein Teil der Rottensteiner zurückkehrte und man erfuhr, daß Schülzle durch das Evebärble ins Haus gezogen worden und so ihren Fäusten entgangen, – trotzdem nun aber auch der Bauer mit seinen Knechten das ganze Haus nach ihm durchsucht, dennoch nicht aufzufinden gewesen sei. Das klang allerdings nicht ganz tröstlich, – der Bursche konnte doch nicht verschwunden sein? Doch richtete man sich an der Zuversicht der Rottensteiner auf, die mit überzeugender Bestimmtheit behaupteten, der Bursche befinde sich im Haus, einmal müsse er hervorkommen, – sie würden nicht vom Platz weichen, bis er seine Strafe erhalte.

Da die Musikanten nun ohnedies auf Rechnung des Hofmartin tranken, machte es sich ganz von selbst, daß man sich zusammensetzte, gemeinschaftlich zechte und so gar bald in ein recht erträgliches Verhältnis kam. Die Absicht der Musikanten, durch scharfes Zutrinken die Wachsamkeit der Rottensteiner einzuschläfern, ge-

lang nicht. Bei der wahrhaft grimmigen Kälte mußten die Wachtposten vor dem Simeshaus fortwährend gewechselt werden, und
die Kälte, die rasche Bewegung erhielt die Köpfe der Rottensteiner
völlig klar, trotz der Unmassen von Bier und Branntwein, die sie
verschlangen. Umgekehrt, die Musikanten selber gerieten gar bald
in den Zustand, den sie Schülzles Feinden zugedacht hatten.

In der hintersten Ecke des Tisches saßen der Hanshenner und
Eckenpeter, und während sie scharf zechten, klagten sie tiefgerührt
über den Unverstand, die Ungerechtigkeit der Welt, die ja auch
schon der Ritter von Rodenstein, der gewaltige Zecher, hatte erfahren müssen und mit den kräftigen, ewig denkwürdigen Worten
abweist:

> Man spricht vom vielen Trinken stets,
> doch nie vom vielen Durste!

Tief gerührt über die vollkommene Übereinstimmung ihrer An-
sichten, die sich so unerwartet herausgestellt, rückten sie enger und
enger zusammen; während ihnen die hellen Tränen über die Wangen rollten, umarmten sie sich stürmisch, erklärten sich für ein paar
tüchtige, wackere Kerle, wie man sie weit und breit nicht finde, und
gelobten sich mit hohen Schwüren, der Welt zum Trotz sich keinen
Zwang anzutun, vielmehr in diesem Jammertal das »Gute« zu ge-
nießen, solange es so »gut«, so »ewig schön« schmecke und »hinun-
terlaufe wie gar nichts!« – Als gewissenhafte Männer begannen sie
denn auch sofort ihren Entschluß ins Werk zu setzen, zum großen
Verdruß des Wirtes, der am liebsten sein Haus leer gesehen hätte
und nun spät in der Nacht nicht Arme und Beine genug hatte, nur
die beiden Gurgeln in der Ecke feucht zu halten. Er dankte Gott, als
endlich seine Quälgeister schläfrig wurden, Arm in Arm mit den
Köpfen auf den Tisch sanken und die Welt – Welt sein ließen.

Auch von den übrigen Musikanten nickte der eine da, der andere
dort; nur der Zimmerdick, der Hansaden und der Wasserfuchs
hatten sich den Kopf frei gehalten. Da auch die Rottensteiner ihre
freie Zeit, bis sie wieder auf Wache mußten, am warmen Ofen ver-
schliefen, der Wirt selbst, als er seine Gäste um keinen Preis los
werden konnte, nachdem er noch einmal tüchtig eingeheizt, zu
Bette gegangen war, so ward es recht stille in der Wirtsstube, und

die wenigen wachen, nüchternen Männer, zu denen auch der Hofmartin gehörte, fanden Zeit, ihren Gedanken nachzuhängen. Nun sind aber solche Stunden nach einer durchschwärmten Nacht dem Nachdenken nicht günstig. Wenn die Müdigkeit, der Schlaf in allen Gliedern liegt, tief heruntergebrannte, qualmende Lichter ein geisterhaftes Halbdunkel verbreiten, gerade hinreichend, die Unordnung und Verwirrung im wüsten Zimmer in ihrer ganzen schauerlichen Trostlosigkeit empfinden zu lassen; wenn umgestürzte, halbgeleerte Biergläser auf den Tischen, die in den umgesunkenen menschlichen Gestalten, den schnarchenden Gesichtern an den Wänden, die oft nicht bloß halb entgeistert sich darstellen, ein trauriges Gegenbild finden, so unleidlich und aufdringlich an die Vergänglichkeit aller Dinge, so widerlich an den schalen, gemeinen Rest aller Freuden mahnen, – dann erwacht zu allem physischen Elend auch das Nachtgevögel des Unmuts, Verdrusses und der Sorge, um den Jammer zu vollenden. Das empfanden ebensowohl der Zimmerdick und seine Freunde als auch der Hofmartin. Um nur die trostlose Gegenwart zu vergessen, das Elend des Augenblicks zu übertäuben, begann man ernsthaft die gegenwärtige Lage zu besprechen, und das führte notwendig auf Vorschläge zu einer friedlichen Beilegung der unerfreulichen Verhältnisse. Allerdings machten die Musikanten damit den Anfang, fanden aber so geneigtes Gehör bei Martin, ein solch bereitwilliges Entgegenkommen, daß es in die Augen sprang, wie sie nur seinen eignen Wünschen Worte gaben.

In der Tat war Martin sehr ernüchtert und infolgedessen sehr verstimmt. Zwar hatte er sich so eigentlich nichts vorzuwerfen, nach ländlichen Begriffen hatte er durch Verfolgung seines Gegners nur sein Recht, seine Ehre gewahrt. Aber Martin war eben kein gewöhnlicher Bauer, und die Verfolgung und Belagerung Pauls war es auch eigentlich, was ihn quälte. Der Vorwurf des Mädchens, daß er ihren Zorn auf Paul geschickt für sich ausgenützt, wurmte ihn je länger je mehr. Er begann einzusehen, daß der rasche Erfolg, der ihn am Abend so unerwartet schnell an das Ziel seiner Wünsche geführt, der ihm, – gleichsam vom Himmel herab, in den Schoß gefallen, – ihn eher stutzig als siegesfroh hätte machen müssen. Wie konnte ein Verhältnis bestehen, das nicht aus herzlicher Neigung, sondern einer Wallung des Zornes hervorging? Wie konnte es von Dauer sein, da es sich auf die rollenden Trümmer zerstörter Hoffnungen und Wünsche gründete? Wenn der Zorn verflog, das Mädchen zu sich selber kam, wenn sie erst in Ruhe und Klarheit ihren raschen Schritt überlegte, *mußte* dann nicht Haß statt Liebe in ihr erwachen über den frechen Eindringling in das Heiligtum ihres Herzens? Martin war bitterböse über sich; nicht allein die Torheit, *heute* das Mädchen auf den Tanzplatz zu nötigen, – vielmehr das Herzlose, Verletzende seiner Werbung trieb ihm das Blut in die Wangen. Bald begann er seine Niederlage als gerechte Strafe zu betrachten, und er war um so geneigter, seine Rachepläne aufzugeben, da ja sein Gegner durch die ausgestandene Angst und Gefahr genug gestraft war. Daneben begann ihn eine andere Sorge zu drücken und seine Geneigtheit zum Frieden zu verstärken. Wenn allmählich die Musikanten über das ihm selbst unbegreifliche Verschwinden des Schülzle ernstlich sich ängsteten, so regte das in ihm die Frage auf: wo mag der Schmiedspitter stecken? Was ist mit ihm vorgegangen? Daß er treulos seinen Posten verlassen, war nicht anzunehmen; sein Verschwinden ließ nur zwei Möglichkeiten zu: entweder war ihm von den Musikanten ein Streich gespielt worden oder ein Unglück zugestoßen. Letzteres blieb unwahrscheinlich, denn Pitter war eine Bärennatur, – immerhin hatte er, – Martin, – ihn unverantwortlich lange in der grimmigen Kälte stehen lassen, und was ist in der Welt nicht möglich? Dann empfand Martin mit herbem Verdruß, daß er sich unverantwortlich auch gegen den Freund benommen, indem er ihn, ganz von seinen Rachegedanken eingenommen, gleichgültig seinem Schicksal überließ. – Wie gesagt, das alles zusammen bewirkte eine sehr versöhnliche Stimmung in Martin, und die Vermittlungsvorschläge der Musikanten fanden freundliche Aufnahme. Als er so nebenbei Pitter erwähnte, kam auch der Mühljohann herbei; er schien etwas auf dem Herzen zu haben, – als jedoch Martin darauf bestand, das Simeshaus umstellt zu lassen, bis der Schülzle, der doch *einmal* heraus müsse, in ihre Hände gefallen sei, und alle Bitten und Vorstellungen der Musikanten ihn nicht von dieser unnützen Grausamkeit abbringen konnten, in der ihn freilich seine Kameraden eifrig bestärkten, – nickte er heimlich lachend und schwieg.

Wenn auch langsam, – immerhin wohl nicht so langsam als für den Gefangenen im Kaffenetle, – die Zeit ging hin, die Nacht neigte sich entschieden zum Morgen. Mißmutig und verschlafen erschienen die Wirtsleute und Dienstboten, – sie waren offenbar weder überrascht, noch erbaut, die Gäste noch am alten Platz zu finden, – gähnten sich eine Weile an und schlichen dann in die Ställe. Plötzlich ward ein solch brüllendes Lachen draußen laut, daß die Schläfer erschrocken auffuhren, die Gäste aus der Stube, das Gesinde aus den Ställen auf den Hausflur stürzte. Dort saß der Wirt auf der Bodentreppe, kämpfte sichtbar mit dem Ersticken und konnte doch kein Ende seines Lachkrampfes finden. Ein paar derbe Püffe in den Rücken, die ihm die scheltende Wirtin applizierte, brachten ihn zu sich, – allein er mußte erst noch einige Anfälle von Lachkrämpfen überstehen, ehe er sich fassen und erheben konnte. Statt einer Erklärung griff er nach seiner Stalllaterne und sagte: »Kommt!«

Die Wirtin, die ihren Mann für verrückt hielt, heulte, die Musikanten und Dienstboten sahen sich verblüfft an, der Mühljohann konnte nur mit Mühe eine große Heiterkeit unterdrücken, und der Martin kraute energisch die Haare, so oft der Wirt auf dem Wege nach dem Schafstall, der sich in einem im rechten Winkel an das Haus gebauten Schuppen befand, aufs neue losbrüllte. Der Wirt ging mit der Laterne voraus in den Schuppen, von da in den Schafstall. Vor einem großen Futterkorbe blieb er stehen, hielt die Laterne hoch, – alles drängte herbei, und ein sonderbares Bild war es, das sich den Umstehenden darstellte: in dem großen, mit Heu und Stroh gefüllten Futterkorbe lag, zusammengerollt wie ein Igel, – der Schmiedspitter, – und schnarchte wie ein Dachs!

»Daß dich alle Teufel,« schrie der Schneidersnikel. »Wer hätt's gedacht, daß wir den Pitter unter seinen Geistern finden würden?« Und der Wasserfuchs brummte seelenvergnügt: »Schwenselens auch 'nein, hab schon mancherlei erlebt und gesehen in der Welt, – so was aber hat mir noch nicht vorgelegen!«

Das losbrechende Gelächter erweckte den Schläfer; hastig fuhr er in die Höhe, – der Korb krachte bedenklich, – und schrie noch mit geschlossenen Augen: »Herrgottseindunner! – Raus, – raus, – der Schülzle brennt durch mit dem Evebärble! – Raus, – raus!«

Martin rüttelte ihn am Arm und sagte sehr verdrießlich: »Laß das, Pitter, das ist lang vorbei! Wache auf! – Was in aller Welt ficht dich an, im Schafstall zu übernachten?«

Pitter blickte mit großen Augen erst Martin und die Rottensteiner, darnach die vor Lachen atemlosen Musikanten an. Heftig rieb er sich die Augen; plötzlich mußte eine Erinnerung in ihm auftauchen, denn mit gleichen Beinen sprang er aus dem Korbe, hob drohend die Fäuste und schrie: »Was mich anficht? – Tausend Million! Ich könnte gleich alles in Grund und Boden schlagen! – Mein Kreuz ist ganz verdreht, und alle Knochen tun mir weh, und das dank ich allein den sakermentischen Musikanten! Die haben mich in den Schafstall gelockt und eingesperrt, – und wenn sie nicht gleich das nichtsnutzige Lachen lassen, da soll doch gleich – – –«

»Ereifere dich nicht, 's nützt doch nichts,« sagte Martin und zog den Widerstrebenden aus dem Stall. »Sei still und lache auch mit, 's ist das Beste, was du tun kannst! – Gründlich haben uns diesmal die Musikanten geleimt! Himmelherrgott! Das Mädle mit dem Burschen fort, – der Bursche nirgends zu finden, – und du im Schafstall eingesperrt! – – Wer uns das gestern gesagt hätte! Aber tröste dich, – mir ward doch am ärgsten mitgespielt. Nicht bloß läuft das Evebärble richtig mit dem Schülzle fort, und wir merken's erst, wie's lang zu spät ist, sie einzuholen, – das böse Mädle zieht auch noch den Schlingel ins Haus, um ihn vor unsern Prügeln zu retten, und darüber entzweie ich mich so sehr mit dem Simesbauer, daß wir in heller Feindschaft auseinander kommen. – Ja, ja, so ist's, Pitter, wie die begossenen Pudel dürfen wir heimschleichen.«

»Aber der Millionenkerl, der Schülzle, hat doch seine Tracht Prügel heimgetragen?« fragte Pitter mit sehr langem Gesicht.

»Wir alle haben ihn ins Simeshaus huschen sehen, dennoch konnte ihn der Bauer nirgends finden. Natürlich hielten wir das Haus umstellt, allein bis jetzt war von einem Schülzle nichts zu hören noch zu sehen!«

»Da möcht man doch an Hexerei glauben!«

»Ja, besonders, wenn man deine Reise in den Schafstall dazu nimmt! – Sag mir nur um Gottes willen, wie bist du da hinein geraten?«

»Wenn ich's selber wüßt?« schrie Pitter und fuhr sich in die Haare. »Und was fangen wir nun an?«

»Nichts, mit unsern Heldentaten ist's vorbei, je stiller wir heimgehen, desto besser! – Na, stell dich nicht dumm, Pitter! – Mir sind schon allerlei Gedanken durch den Kopf gegangen. Die Geschichte mit dem Evebärble war verfehlt von Anfang an, sie konnte nicht gut enden; wer weiß, – am Ende ist der Ausgang noch nicht einmal der schlimmste, der hätte eintreten können. Mag das nun aber sein, wie's will, – ich bin froh, daß du heil und gesund vor mir stehst. – Und ganze Kerle sind die Musikanten doch; was sie anfangen, das führen sie gewiß durch. Komm, Pitter, laß das Knurren, im Grund bist du nicht einmal am schlechtesten gefahren, komm, wir wollen uns mit den Musikanten vertragen, – bin neugierig zu hören, wie sie dich in den Stall lockten! – Wir wollen mit über die Geschichten lachen, – gewiß, so kommen wir am besten darüber weg!«

Pitter leuchtete das endlich auch ein, die Wachen vor dem Simeshaus wurden abgerufen, der Wirt mußte ein frisches Fäßchen anstecken, – bald saßen die Musikanten mit den Rottensteinern so lustig zechend zusammen, als habe nie die geringste Mißhelligkeit zwischen ihnen bestanden. »Und wie brachtet ihr den Pitter in den Stall?« fragte Martin.

»Er machte mir's leicht,« erzählte der Mühljohann lachend. »Wie ich hörte, der Pitter solle die Haustür bewachen, schlich ich ihm voraus in den Hof und zerbrach mir vergebens den Kopf, wie ich ihn beiseite bringen könne. Das Schuppentor war nur angelehnt, und da ich mich vom Pitter nicht wollte sehen lassen, die Kälte auch fast unerträglich durch Mark und Bein ging, trat ich hinein. Wie ich so in der Dunkelheit umhertaste, mich in dem Schuppen zurechtzufinden, kommt mir ein Riegel in die Hand, und eine Türe geht auf. Ich merke gleich, daß es die Schafstalltüre ist, kann aber den Riegel nicht wieder vorschieben, denn eben kommt auch der Pitter pustend und stampfend in den Schuppen. Knurrend ging er hin und her, dann brummte er: »Ist doch eine Heidenkälte! Donnerwetter, – der Schafstall muß nicht weit sein, ich spür solch warmen Geruch. He, – wenn ich im warmen Stall dem Burschen auflauern könnte, das wäre nicht übel!« – Darauf kommt mein Pitter in Gang, findet richtig die Stalltür und tappt vorsichtig hinein. Meine Augen hatten sich indes an die Dunkelheit gewöhnt, ich stand schon auf der Lauer, kaum ließ Pitter die Türe los, zog ich sie sachte zu und schob den Riegel vor!«

»Ja, ja,« stimmte Pitter herzhaft in das Gelächter ein, »so wird es gewesen sein. War auch nicht wenig erschrocken, als ich den Riegel klirren hörte und mich gefangen wußte. Habe arg gewettert, – aber was half's? – Lärm machen durfte ich der Schafe wegen nicht, denn ehe jemand mein Brüllen gehört, wären die dummen Tiere toll und wild geworden und hätten sich an Barren und Raufen die Knochen zerschlagen. Also galt's ruhig den Morgen abwarten! Zum Glück fand ich den Futterkorb, – war aber ein schlechtes Lager, ich glaube, in vier Wochen bin ich die Kreuzschmerzen noch nicht wieder los!«

So löste sich auch dieses Geheimnis zu allseitiger Zufriedenheit. Noch eine Weile saß die Gesellschaft munter zechend beisammen, mit dem grauenden Morgen nahmen die Rottensteiner Abschied. Sie schieden als die besten Freunde der Musikanten, und Martin trug dem Zimmerdick einen Gruß an Schülzle und an das Evebärble auf. Sie sollten nicht im Zorn seiner gedenken, setzte er hinzu, es tue ihm leid, daß er ihnen so viel Sorge gemacht, und wenn er von ihrer Freierei höre, wolle er sich von Herzen freuen.

So weit war alles gut, aber die eine Hauptperson fehlte, und das unbegreifliche Verschwinden Pauls begann nachgerade die Musikanten ernstlich zu ängsten. An Stelle der Rottensteiner umschwärmten jetzt die jungen Musikanten das Simeshaus. Als nun aber heller Tag ward, und noch immer auch nicht eine Spur von ihm sich zeigte, konnten sie ihre Unruhe nicht länger bezwingen, sie mußten ja doch auch an Rückkehr denken. So ward denn auf alle Gefahr der Zimmerdick in das Simeshaus abgeordnet, und nun freilich wandelte sich alle Sorge in herzliche Freude.

Begreiflich machte dieser Bericht auf die Bauersleute wie auf das Brautpaar großen Eindruck; Pitters Abenteuer ward vielleicht weniger belacht, als es verdiente, dafür nahm die Erklärung des Hofmartin den letzten Druck von den Gemütern, – nun war ja in Wahrheit alles gut. Die Freude von Schülzles Mutter zu schildern, als sie bald danach eintraf, versuchen wir nicht.

Und nun folgte eine fröhliche Freierei, bei der es an Sang und Klang nicht fehlte. Schon am Nachmittag fand sich das Dammsbrücker Jungvolk ein, und die große Bauernstube ward zum Tanzsaal. Einmal trat der Bauer mit der Trompete zu Schülzle und sagte: »Da, blas auch mir noch ein Stück! Kann's heute noch nicht vergessen, wie mir damals bei der Kirmes dein Blasen das Herz bewegte. – Möchte das noch einmal hören!«

Paul blickte zögernd auf die Trompete, endlich begann er leise: »Schwieger, ich danke Euch, – aber das Blasen erlaßt mir. Ich habe es nicht verredet, aber nach all den Vorfällen meine ich, es wäre besser, ich ließe das Instrument ganz aus der Hand. Überdem ist es mit jenem Blasen, von dem Ihr geredet, für immer vorbei; ich weiß, gestern brachte ich's zum letztenmal fertig.«

Der Bauer drückte ihm die Hand. »Weißt, eins liegt mir recht auf dem Herzen. Es wird mir schwer ankommen, wenn ich dich bei Kirchenmusiken nimmer unter den Musikern auf dem Chor erblicke.«

»Dafür kann Rat werden,« rief Paul mit leuchtenden Augen, »die Geige ist mir nicht unbekannt, und wenn ich mit dem Herrn Kantor rede – –«

»Tue das, tue das bald,« unterbrach ihn der Alte eifrig. »Sieh, ich habe ja nichts gegen die Musik und die Musikanten. Nur darf die Gesundheit unter dem Spielen nicht leiden, – und, – nun ja, das Rumtreiben auf allen Kirmsen und Tanzböden der Umgegend schickt sich nicht für einen Bauer. Komme ich aber einmal auf den Bergheimer Tanzboden, und mein Schwiegersohn sitzt mit seiner Geige unter den Musikanten und zeigt, daß er was kann, – ei, das soll mich von Herzen freuen! Zum Vergnügen getrieben, ist das 'ne Ehre, – nur eben ein Geschäft darf nicht daraus gemacht werden.«

Hanshenner, dessen Wangen und Nase längst wieder glühten wie Leuchtkugeln, mußte etwas auf dem Herzen haben, er lächelte so geheimnisvoll und ging auffällig um Paul herum. Jetzt eben nahm er ihn für sich in Beschlag, führte ihn abseits und fragte mit glückseligem Kichern: »Höre, Schülzle, 's muß beim Geier doch 'ne sonderbare Geschichte sein, so als Flüchtling, als Einbrecher, – als, was weiß ich, – mit seinem ärgsten Feind in einer Kammer zu sein. Wie war dir's eigentlich zu Mute, als du in den Kleidern im Kaffenetle stecktest, – und gar erst, wie du mit dem Stroh durchbrachst und mitten in der Stube lagst?«

Paul, der mit voller Zustimmung Evebärbles sein unerfreuliches Nachtlager unter dem Bett des Schwiegervaters, von dem niemand eine Ahnung hatte, verschwieg, sah Hanshenner lachend in die Augen und sagte: »Ich meine, mir wird ungefähr zu Mute gewesen sein, wie jenem Musikanten, der nach einer Spielnacht in einer Dörnerhecke erwachte und seinen Baß im strömenden Regen obendrein noch in einem Wassergraben erblicken mußte.«

»Bist ein Spitzbube, ein arger Spitzbube,« schalt Hanshenner. »Wer sich mit dir einläßt, der ist schon geprellt! – Aber tue mir den einzigen Gefallen und sei still von *der* Geschichte, – kommen die andern darauf, habe ich vier Wochen keine Ruhe. Übrigens ist dies ein neuer Beweis: mein Baß ist eben doch ein Hauptbaß, Land auf und Land ab trifft man keinen solchen an; nicht tot zu machen ist die alte Base!«

Das Vergnügen, die Freude war groß, – doch schon vor Mitternacht verschwanden die Gäste, und auch die Musikanten rüsteten zum Aufbruch. Als Hanshenner mit großer Mühsal seinen Baß aufhockte und gar so künstliche Gangarten schon im Hausplatz exerzierte, sagte der Bauer gutmütig: »he, Hanshenner, der Weg ist schlecht und beim ungewissen Sternenschein gar gefährlich. Wißt Ihr was? Stellt Euren Baß bei mir ein, am Sonntag, wenn sie in die Kirche gehen, nehmen ihn die Knechte gern mit nach Bergheim.«

Hanshenner schwankte, es fiel ihm schwer, sich von seiner Baßgeige zu trennen, und doch leuchtete ihm der Vorschlag des Bauern ein. Endlich setzte er wirklich seine Last ab, übergab den Baß dem leuchtenden Evebärble zu treuer Hut und sagte: »habt recht, Bauer! Die Heimwege, – ja, die Heimwege vom Tanzspielen, die sind immer gefährlich, bei Sternen-, Mond- oder Sonnenschein, 's ist einerlei. Nun ist zwar mein Baß ein Hauptbaß und besonders, nachdem ich ihn versteupert und vernagelt habe, eigentlich nicht tot zu machen, – aber, – wer kann wissen, was auf dem Heimweg vorliegt, mit dem Wasserfuchs zu reden? Überdem hat heute der Schülzle solch ein unerhörtes Glück im Unglück gehabt, – wahrhaftig, ich traue nicht! *Zwei* Wunder geschehen nicht am gleichen Tag, käme *ich* heute ins Malheur, dann wär's gewiß ein gesalzenes und gepfeffertes! – Nein, heut will ich's auf kein glückliches Unglück ankommen lassen, 's könnte gefehlt sein. Halte den Baß gut, Evebärble, ich werde dir's zu danken wissen!« Damit stolperte er seinen Gefährten nach über die Schwelle. Durch die stille Nacht klang noch sein glückliches Lachen zurück, und vernehmlich hörte man ihn sagen: »Ja, 's ist ein Hauptbaß! Und ich und mein Baß, – wir sind nicht tot zu machen!«

Über tredition

Eigenes Buch veröffentlichen

tredition wurde 2006 in Hamburg gegründet und hat seither mehrere tausend Buchtitel veröffentlicht. Autoren veröffentlichen in wenigen leichten Schritten gedruckte Bücher, e-Books und audio-Books. tredition hat das Ziel, die beste und fairste Veröffentlichungsmöglichkeit für Autoren zu bieten.

tredition wurde mit der Erkenntnis gegründet, dass nur etwa jedes 200. bei Verlagen eingereichte Manuskript veröffentlicht wird. Dabei hat jedes Buch seinen Markt, also seine Leser. tredition sorgt dafür, dass für jedes Buch die Leserschaft auch erreicht wird.

Im einzigartigen Literatur-Netzwerk von tredition bieten zahlreiche Literatur-Partner (das sind Lektoren, Übersetzer, Hörbuchsprecher und Illustratoren) ihre Dienstleistung an, um Manuskripte zu verbessern oder die Vielfalt zu erhöhen. Autoren vereinbaren direkt mit den Literatur-Partnern die Konditionen ihrer Zusammenarbeit und partizipieren gemeinsam am Erfolg des Buches.

Das gesamte Verlagsprogramm von tredition ist bei allen stationären Buchhandlungen und Online-Buchhändlern wie z. B. Amazon erhältlich. e-Books stehen bei den führenden Online-Portalen (z. B. iBookstore von Apple oder Kindle von Amazon) zum Verkauf.

Einfach leicht ein Buch veröffentlichen: **www.tredition.de**

Eigene Buchreihe oder eigenen Verlag gründen

Seit 2009 bietet tredition sein Verlagskonzept auch als sogenanntes "White-Label" an. Das bedeutet, dass andere Unternehmen, Institutionen und Personen risikofrei und unkompliziert selbst zum Herausgeber von Büchern und Buchreihen unter eigener Marke werden können. tredition übernimmt dabei das komplette Herstellungs- und Distributionsrisiko.

Zahlreiche Zeitschriften-, Zeitungs- und Buchverlage, Universitäten, Forschungseinrichtungen u.v.m. nutzen diese Dienstleistung von tredition, um unter eigener Marke ohne Risiko Bücher zu verlegen.

Alle Informationen im Internet: **www.tredition.de/fuer-verlage**

tredition wurde mit mehreren Innovationspreisen ausgezeichnet, u. a. mit dem Webfuture Award und dem Innovationspreis der Buch Digitale.

tredition ist Mitglied im Börsenverein des Deutschen Buchhandels.

Dieses Werk elektronisch lesen

Dieses Werk ist Teil der Gutenberg-DE Edition DVD. Diese enthält das komplette Archiv des Projekt Gutenberg-DE. Die DVD ist im Internet erhältlich auf **http://gutenbergshop.abc.de**

Zeitfracht Medien GmbH
Ferdinand-Jühlke-Straße 7
99095 Erfurt, Deutschland
produktsicherheit@kolibri360.de